戸高鏘吉 エッセイ集③

ハルの春休み

鉱脈社

目次

ハルの春休み

第一部　ほりだしもの ——二〇一二年四月〜二〇一三年三月—— 9

立ち番……11
弟の転勤……15
ハルの春休み……20
禁酒番屋……25
鯉のぼり……29
失念……33
金環日食……37
美白……42
田植え……46
経験したことのないような大雨……50
リンとレンの夏休み……60
順番……69

津波避難訓練 …… 75
コーセイとユースケの運動会 …… 82
新しい古本屋 …… 92
ほりだしもの …… 97
工芸まつり …… 105
宝くじ …… 111
シャク …… 116
お受験 …… 122
サイン会 …… 128
葬儀ができない …… 135
置き換え …… 140
体罰 …… 145

第二部　マツボックリ——二〇一三年四月〜二〇一四年三月——151

コーチ術……153
洗　濯……159
おちば……165
シンタロー君……171
井　戸……178
黄砂の季節に……184
さわやか五月……191
季節はずれ……197
カーナビ……203
床下のない家……211
山法師……219
コトルくんとコラスちゃん……227

梨 …… 232
柿の渋抜き …… 238
技 …… 244
ラムネ玉 …… 250
うづくり …… 255
イボタロウ …… 260
ノコギリ …… 265
マツボックリ …… 271
一緒の墓に …… 277
平成の大修理 …… 282
タガ …… 287
登園拒否 …… 292

あとがき …… 299

カバー原画　吉野　玲子

ハルの春休み

第一部　ほりだしもの

――二〇一二年四月～二〇一三年三月

立ち番

春に三日の晴れなしと昔から言われるが、三月に入って雨が多くなってきた。春雨の時季到来である。気象予報では厳冬になると昨秋から言われていて、何年ぶりかの寒い冬を経験しただけに、待ち遠しかった暖かい春も近いと思わせる気候になってきた。

そんなある朝、七時半ごろだったと思うが、ゴミを入れた袋を手に、家から道路のごみ集積所に出たところ、三歳ほどの男の子が、私の目の前を通り過ぎていった。朝の早い時間に、小さな子が一人で何をしているのだろうと見ていたら、建物の陰から「ちょっと待ちなさい」という声がした。そちらを向くと、四十代と思しき男が、先ほどの子どもに呼びかけている。

子どもは後ろを振り返りながらも、先へと進んでいく。男は私に近づき、すれ違いざま「おはようございます」と明るい声で挨拶をした。私も反射的に「おはようございます」と返したが、相手は見知らぬ顔である。近所に住んでいるのだろうか、それとも流行のダイエットジョギングをしに、子連れで来たのだろうかなどと考えたが、初めて会うのに挨拶をするとは感心なことだと思っていた。

ゴミ袋を集積所に置いて、件の男の去った方を見ると、男は手に黄色い旗を持っている。地域の人にもおなじみの、小学生の通学安全を確保し、見守りをするための、交差点における立ち番をする旗である。私も子どもが小学生のときにはやっていたものだ。彼には小学生の子どもがあって、今日は立ち番の順番が回って来たのだろう。ご苦労様だと思いながらも、小さな子どもを連れていてはさぞかし大変だろうと、同情しながら家に戻った。

玄関のドアを開けて、家の中に入ったとたん、先ほどの男は、私の長男の小学校時代の同級生であることに気が付いた。小さくて糸を引いたような目、顔の真ん中に胡坐をかいて上を向いている鼻、ものを言うときにはとんがってしまう口が特徴である。彼と長男とは、中学校から別々の学校に通ったので、彼の顔をすっかり忘れてしまっていた。

思い出しながら、彼につれない挨拶しかしなかったことに後悔していた。彼は私がゴミ袋を持って家から道路に出る姿を見て、同級生の父親であることを認識し、声を掛けてきたのに違いない。それなのに私は、彼をただの通りすがりの男だと思って、そっけなく返している。彼にすれば、二十年ぶりに見る近所のおじさんと、親しく近況を話したかったかもしれない。そういえば、少し怪訝な顔つきにも見えた。

私の長男は結婚が遅かったので、三十八歳で上の子が五歳である。子どもが小学生になるにはまだ一年も先のことだ。しかし、そのときになれば当然交通安全の立ち番役がやってくる。親となった以上務めなければならない仕事になる。

ぼんやりと長男の立ち番姿を思い浮かべていたら、自分がやっていたときの、出勤間際のあわただしさも思い出されてきた。時間は午前七時二十分からの三十分間なのだが、八時前には出勤のために家を出るので、立ち番の時間以前に朝食をとり身支度を終えておかなければならない。

立ち番は数ヶ月に一度にすぎなかったが、結構緊張するものであった。朝は、出勤する時間から逆算して、ぎりぎりの時間まで寝ていたので、上の子を起こして食事をさせ、学校に送り出し、下の子を保育園に連れて行く準備をする、その手順が狂ってしまうと、自分の勤務時間に間に合うのが危うくなってしまう。いつもの出勤が綱渡りなのに、立ち番の時は三十分も繰り上げなければならないのだ。朝食を犠牲にせざるを得ないことがたびたび起こった。

今日立ち番だった長男の同級生に、時間的なゆとりはあったのだろうか。下の子を連れていたところを見ると、余裕で子守をしていたのかも知れないが、逆に立ち番を終えたらすぐ保育園に預けるために同伴していたのかも知れない。

子を持つ以上、立ち番は否応無しにやってくる。私たちがやっていたときから、もう三十年もの時間が経過している。親世代がやってきたことを、その子どもが受け継いでいくのは、ひょっとしたら幸せなことであるかもしれない。彼も、自分の子どもが立ち番をするようになったら、世代交代を実感し、自分の立ち番を懐かしく思うことだろう。

弟の転勤

寒さで遅れていた桜の花もようやく見頃を向かえた三月末、近所に住む弟がやってきた。今度の土曜か日曜に、軽トラがあいていたら貸して欲しいという。弟は私とは十歳も年が離れていて、私は退職したが、彼はまだ現役の小学校の教員である。学校の行事で、軽トラを使うと便利なこともあるようで、これまでも時折借りに来たりしている。

玄関で弟と話をしていると、丁度里帰りしていた娘が顔を出した。娘が、「おじちゃん久しぶり。何かあるの」と聞いたら、「日南に転勤になってね。大窪小という小さな学校だよ」と少しはにかみながら答えた。娘が、「ひょっとして校長先生になったの」と重ねて聞くと、「うん、やっとのことでね」と弟は照れ笑いをしている。弟の声が聞こえたのか、妻や長男の嫁も出てきて、口々に「おめでとうございます」

「新聞にも載るよねえ」とにわかに賑やかになった。

もう、三十年も前になるが、弟が大学を卒業した年に、初めて転勤の手伝いをした。最初の赴任地は小林市である。その頃の独身者のことで、持っていくものは、机と椅子それに夜具、少しの衣類ぐらいのものだった。それらを私の軽トラに積み込んだが、荷台に半分ほどの量でしかなかった。私の運転で小林へ向かいながら、「生活用品が足りないときは、送ってやるから知らせろよ」と弟に言うと、「いいよ、ぼちぼち自分で揃えるから」と、一人前になったかのような返事が返ってきた。

いろいろ話をしながら、野尻町を過ぎて小林市へ入ったばかりのところだったと思うが、車のルームミラーに、何か白いものがひらりと飛ぶのが映った。すぐ車を停め、弟に「何か紙切れが飛んで行ったような気がするが、なんだったろう」と聞くと、「飛んでいくようなものは別に無いと思う」と言う。念のために、無くなったものはないかと探しているうちに、弟が「机の引き出しに入れておいた紙がない」と言い出した。あわててもと来た道を辿ると、まもなく道路脇の畑に落ちている白い紙を見つけた。飛んでいったその紙は、交付されたばかりの人事異動通知書だった。よくも車に轢かれたりすることなく、無事に戻ってきてくれたものだと私は安堵したのだったが、弟は「こんな紙、そんなに大事なものかな」と頓着が無い。私が、「着任したら、学校の先生方に見てもらう大事なもので、自分を証明するものだ」と教えたのだが、あまり納得した様子は見られなかった。

多くの教員がそうであるように、弟も転勤を繰り返してきた。転勤は勤め人の宿命であるが、教員はそこに学校があるかぎり、交通や通信の不便な僻地であっても、赴任しなければならない。民間の会社員の転勤とは、この点に違いがあると思っている。

弟の引越しは何度も手伝っているが、椎葉村の学校へ行ったときなど、がけ崩れした道路の補修工事のために、五、六回も車を止められ、やっとたどり着いた教員住宅は、夜になると辺りは真っ暗で、物音ひとつしない寂しいところだった。そのとき弟は、まだ独身だったので、買い物をする店が車で三十分以上もかかるのに、どうやって毎日の食事をすることだろうと心配したことだった。

今回の異動で、初めて日南方面へ赴くことになった。弟の二人の子どものうち、娘はすでに成人し、ピアノを教えたり、請われて演奏をしたりという生活をしている。

息子は神戸市にある大学の二年生である。夫婦してゆっくり日南で過ごせるじゃないかと、私が言えば、弟の嫁は「娘が仕事を持っているし、親離れもできていないので、週の半分ずつ宮崎と日南の往復をします」と、なんともせわしない生活を余儀なくされるようである。

そのため、冷蔵庫や洗濯機、ベッドなどを新たに購入し、二重生活を始めることになるらしいのだが、実に不経済なことだ。それらを含めた生活用品を軽トラに積んで、私の運転で、一時間半ほどかけて日南市大窪小学校の校長住宅に到着した。入り口には樹齢四、五十年は経っていようかという一本桜が満開で、川のせせらぎ、鶯の谷渡りが聞こえて、のどけさを絵に描いたような風景が私たちを待っていてくれた。

軽トラ一台分の荷物は、家の中に運び込むのにさほど時間はかからず、別の車で追ってきていた弟の妻と娘も加わって、寝泊まりできるほどには片付いた。その後学校へ行ってみると、私が思っていたよりは教室の数が多い。児童数が十八人で新入生は一人だということにしては教室が多いのじゃないかと、弟に聞くと、音楽室、家庭科室、図工室などの教室が必要だからだと教えてくれる。それに体育館やプールも立派なものが備わっている。

私が小学生だったころは、一クラスに五十人以上もひしめき合って、音楽も家庭科も図工も自分のクラスで行ったものだった。プールも体育館も無く、雨が降ったら体育の授業は他の科目に切り替えられる、給食も四年生の二学期にやっと開始される、といった時代を過ごした者からは、少人数の学校といえどもきちんと教育環境が充実しているということに、隔世の感を覚えたことだった。

帰路に着くために校門を出ようとしたら、学校の敷地から隣の広場へ、枝を大きく張り出した桜の木の下で、老女三人がござを敷いて、お弁当を食べながら花見をしているのが見えた。学校の運動会などの行事には集落全体で参加するような土地柄らしく、校庭に咲く満開の桜にすっかりなじんでいる様子だった。

ハルの春休み

今冬の福岡は、玄界灘から吹きつける冷たい北風が寒気を運んできて、時には雪になったりしている。寒さの所為ばかりではないだろうが、福岡に住む娘は、二月に体調を崩し、その連れ合いや四歳のハルユキと一歳半のタカヒロの二人の子どもまで、風邪を引いたり喘息症状が出たりと、みな散々な目に遭ってしまった様子である。

私は、しばらく子どもを連れて宮崎に帰ってきてはどうかと、娘に提案したのだが、夫の仕事が忙しい時期だから、帰れないという。そうはいっても、大変なことになっているのだから、実家での休養が一番だと娘に話しているうちに、「私、心配だからちょっと行ってくる」と、ここは母親の出番だとばかりに、妻はさっさと福岡へ飛んで行ってしまった。

娘にとって、母親の手助けは特効薬であるらしく、三日目には「もう、みんな元気になったから、明日には帰る」と妻から電話が入った。私としては、久々の自由気ままな時間が持てると喜んでいたのに、楽しみが短期間で終わることになってしまった。それでも、娘から、幼稚園に通う子どもが春休みに入ったら宮崎に帰ってくるからという電話がはいったので、それを楽しみに待つことにした。

三月末になり、いよいよ娘一家が帰省してくることになった。なにか喜ぶことをしてやりたいと考えたとき、男の孫二人のために鯉のぼりを揚げてやろうと思いついた。時期的にはまだ早いが、マンション住まいで鯉のぼりを揚げたことのない孫に見せてやれば、きっと喜ぶに違いないと勝手に考え、庭に杭を打ち竿を立てた。

帰ってくるという日に、とりあえず三匹の鯉を揚げて待っていると、交通規制による渋滞に遭ってしまったといって、夕方五時頃ようやく到着した。もうそろそろ鯉のぼりを取り込もうかという寸前だった。娘は「鯉のぼりを揚げてくれたんだね、お父さんありがとう。ほらハルにタカ、鯉のぼりよ。家ではできないからよかったね」と二人の子どもに見るようにと促すが、上の四歳は「あ、鯉のぼりだ」とだけ言い、下の一歳半は親にかじりついたまま見ようともしない。

その翌日、日曜で保育園が休みの、同居する孫二人もそろって、四人の孫に鯉のぼりを揚げて見せた。今日は少しサービスしようと、五匹の鯉を抱えて庭に出ると、初めのうち孫達は鯉にさわったり引っ張ったりして騒いでいたが、揚げ紐に結わえた鯉が揚がり始めると、鯉のぼりにはもう興味を失ったようで、芝生を駆け回ったり、ブランコに乗ったりして遊びだした。どうやら、眺めるだけの鯉のぼりはつまらなくて、久しぶりに会った従兄弟との戯れのほうが面白いようだ。鯉のぼりが揚がっていると嬉しいだろうという爺ちゃんの思惑はすっかり外れてしまった。

福岡の孫達は、寒い冬の間に風邪や喘息とつらい目に遭ってきたので、暖かい宮崎でゆっくり遊ばせてやろうと、動物園へ連れていった。「空飛ぶフラミンゴショー」をやっていると聞いていたからである。

動物園で、象やキツネザル、ライオンを見てもハルユキはあまり楽しそうではない。妻が「ハル君、乗り物に乗ろうか」と言ったとき初めて「うん。乗る、乗る」と笑顔になった。

それから小一時間、あちらの遊具こちらの遊具と駆け巡って、少しは満足したのだろうか、「そろそろ、お昼ご飯にしよう」と声をかけると、名残惜しそうに遊具を見ながら私たちのところへ戻ってきた。フラミンゴショーは施設の改修のため中止だったので、象と記念写真を撮ってその日は終わった。

その次の日から、高鍋町にあるルピナスパークの広い芝生で遊ばせたり、フローランテ公園のチューリップ祭りを見せたりした。しかし、ハルユキが興味を示したのは、公園に設置された小さな洞窟を、潜り抜けることだった。

そしてハルユキは、夜になると、「いつ福岡に帰るの」と母親に尋ねている。私や妻は、「折角宮崎に来ているのに、そんなに言わないでゆっくり遊びなさいよ」と言うのだが、母と過ごす祖父母の家であっても自分の家が恋しいのか、「福岡に帰りたい」を繰り返す。

同居の孫達は、新しい友達を得ていつもより夜遅くまで遊ぼうとする。そのときはハルユキも一緒になってはしゃぎまわり、楽しそうにしているが「もう、いい加減におやすみなさい」の声に従兄弟が自分の部屋へ帰ってしまうと、とたんに望郷の念が強く出てきて親を困らせる。

そうこうしているうちに、一週間が過ぎて宮崎でのハルユキの春休みも終わり、親子三人午前十一時発の飛行機で福岡へ帰っていった。二時間ほどして、娘から「今家に着いたよ、いろいろありがとう」と電話があって、ハルユキも「ありがとう、たのしかったよ。またいくからね」と言ってくれたが、果たして本当に楽しかったのか、私も妻もしばらくは無言のままだった。

禁酒番屋

私は落語が好きで、若い時分からテレビやラジオで随分見たり聞いたりしてきている。なかでも「六代目柳家小さん」の「禁酒番屋」という噺は好きな題目のひとつで、いつもCDを繰り返し聴いている。

昔、侍の世だった頃のある大名屋敷で、酒宴が催されていた折、家中の者が武術のことで口論となり、双方とも腕に覚えがある為、真剣で勝負を争い、一方が相手を斬り捨ててしまった。斬った侍も、しばらくして酔いが醒め、大変なことをしたと切腹して果ててしまう。大事な家来を一度に二人も亡くした殿様は、「酒はよろしくない。酒は人を変えてしまう。この藩では酒を飲まないことにしよう、自分も飲まない」と禁酒令を言い渡した。

酒飲みとは仕方のない存在で、少しばかりはよいだろうと、こっそり飲むものが現れ、中にはへべれけに酔ってしまうものまで出る始末に、殿様に知れては一大事と、目付役が屋敷の出入り口に小屋を建て、酒の見張り役を置いて、厳しく取り締まった。そのため、この小屋が禁酒番屋と呼ばれるようになる。

それでも酒飲みは、なんとか見張り役をかいくぐって酒を飲みたい。外で飲んではバレルので、酒屋に工夫させ、あの手この手で家まで酒を運ばせようとするが、禁酒番屋の見張り役に毒見をされ、酒を全部飲まれてしまうというのがこの噺である。

先日、新聞に「福岡市職員に禁酒令」という見出しの記事が載っていた。市職員二人が、酒に酔った末に暴行や傷害容疑で逮捕されたのがきっかけで、これまでにも度重なる飲酒運転などの不祥事を起こしていることを受けて、公私を問わず自宅以外での飲酒を一カ月間禁じるというものである。

市長の発案でこうしたのか、新聞記事からは分からないが、自ら職員に訓示するなど力が入っている。飲酒が禁止になるのは、自宅以外の一切となっており、友人宅での飲酒はもちろんだめで、仕事などでやむを得ず酒席に臨む場合は、ノンアルコールのものにせよとしている。ただ、結婚式での「三々九度」は例外であるらしいが、いまどき神前結婚はごく少数の人しか行わないだろうに、実に行き届いた配慮である。飲酒した職員は、呼び出して幹部が直接指導することになっているようだが、その見張り「番」はどうするのだろう。まさか、職員同士をお互いに見張らせ、告発ごっこをさせることはないと思うが。

毎日夜の街をパトロールすることもできないだろうし、友人宅が同じアパートの隣の部屋であって、アパートの外に出歩かないときにも自宅扱いはしないのだろうか。落語の「禁酒番屋」のように、庁舎の出入り口に場所をしつらえて、自宅での飲酒か否かを申告させるのであろうか。

私のような酒飲みなら、なんとかしてその掟をすり抜けたいところである。福岡市職員の中にも、友達とつれだって飲みにいく、はしごをするという楽しみがなくなるのは寂しいと思っている者がいるに違いない。禁酒期間は一カ月という短期間だが、強制されるのは嫌なもので、多少ヒステリックとも思えるこの禁酒令を、ぜひ打ち負かしてほしい。

一方、禁酒令を命じた市長自身が、下戸であってはつまらない。酒をこよなく愛する者ではあるが、やむにやまれずこのような命令を出したものの、自分が出した方針を苦々しく思っているという姿勢のほうが、見ている方は面白い。

「禁酒令」への興味は尽きないものがあるが、さて福岡市では市長の思惑通りことが運ぶのだろうか。高みの見物である私には、一カ月後の結果が楽しみでたまらない。

鯉のぼり

五月も末になり、どんよりと曇った日が続いている。毎年のことだが、この入梅も近いと思わせる天候に、あのじめじめした鬱陶しい日々を連想させられて、今から気が滅入る。

孫達を迎えに、保育園へ行ったときもそんな天気で、途中から傘を差すまでもないような小雨になった。五歳と三歳になる二人だが、三歳の方はまだ甘えたい盛りで、私を見つけると「抱っこ」と飛びついてくる。こちらは体力が落ちてきているので、「抱っこ」は遠慮してもらいたいのだが、私の気持ちにはお構い無しである。

仕方なく抱いたまま保育園の門を出ると、「おじいちゃん、鯉のぼり」と孫が指をさす。「もう、鯉のぼりは揚げてないだろう」と言っても「あそこ、あそこ」と抱かれた体をよじっている。「どこにあるんだよ」と孫の視線を追うと、保育園の近くに建っているアパートの二階ベランダに、物干し台の端にくくりつけられた、一メートル足らずの真鯉と緋鯉が、だらりと下がっている。

「ほんとだ。鯉のぼりをよく見つけたね」と孫をほめたものの、「こどもの日」を祝って揚げたはいいが、小雨の降る中、いかにも仕舞うのを忘れられたような姿に、一寸可哀想な気持ちになった。

鯉のぼりは、晴れて風のあるときに揚がっている方が、威勢よく見えてよいものだ。五月晴れの青空を高く泳ぐのが、鯉のぼりにとっても晴れがましいことだと思われる。

鯉のぼりは、今はナイロン製がほとんどだが、私が子どもだったころは紙で作られていた。そのため、雨に遭うと急いで取り込まなければならないし、強い風に吹かれると、バサバサと紙の擦れ合う音がして、ところどころ破れてしまうことがあった。父や母がその破れたところに切り張りしていたことを覚えている。面倒なようだが、鯉のぼりをいたわりながら揚げるということに、自然と子どもを大切に育てるという気持ちが込められていたのかも知れない。

昔は、雨に弱い鯉のぼりの事情もあって、五月晴れと鯉のぼりが対になって語られていたのだろう。もっとも、私の子供時分には、旧暦で節句を祝っていたので、今の暦だと六月下旬になる。宮崎では梅雨に入っている。当然ながら、晴れ間をねらって揚げないことには、雨でひどく傷んでしまう恐れがあった。

本来、五月晴れとは旧暦五月に降り続く雨が上がって、からりと晴れた状態を指すのだと言われているが、今は新暦五月の晴れをも五月晴れとよんでいる。私としては、こちらのほうがすっきりと乾燥しているので、晴れのイメージが無理なく感じられるし、急な雨に驚くことなく鯉のぼりを揚げ続けることができるのも良いと思っている。

もう三十年近くも前のことになるが、新緑の鮮やかな五月初旬、椎葉村に行く用事があって、日向市の美々津から左へ折れて、耳川沿いに車で走り、旧西郷村に差し掛かると、道路の十メートルも下の河川敷に、鯉のぼりが五匹、川上に頭を揃え、風にそよいでいるのを目にしたことがある。

川の流れているすぐそばに、ぽつんとただ一軒、家が建っていた。家の周りは田圃で、ピンクのじゅうたんを敷き詰めたように、レンゲの花が咲き誇っている。その家の庭に七、八メートルの竹竿が立てられ、鯉のぼりが悠然と泳いでいたのだ。

鯉のぼりの泳ぐ様を真上から見下ろすのは、生まれて初めてのことである。泳ぐ姿は、優雅なものに思えた。私は車を降りて、その風景にしばらく見とれていた。しかし見下ろす鯉は小さく見えて、やや迫力に欠ける。やはり鯉のぼりは、晴れた青空で風にそよいでいるのを、下から見上げるのが一番似合うようだ。

失念

年金生活にあこがれていたということでもないのだが、定年で仕事を辞めた時点で自動的に年金生活者になってしまった。

若いときに考えていた年金生活は、一日中家に閉じこもって、ぼんやりテレビを見ている、あるいは読書三昧に明け暮れる、時には池や川で日がな一日糸を垂れる、そんな隠居じみた過ごし方を想像していた。

しかし、本当の年金生活になってみると、どうも考えていたものとは少し違うような気がしている。第一、家にいるというだけで、仕事をしていた時よりも、いろいろとやらなければならないことが多く待ち構えている。

朝起きて、普段着に着替える。朝食を取る。新聞を読む。トイレに行く。ゴミを出す。以前はこれで仕事に出掛けたのだが、今は家にいるので、庭の草むしりをしたり、雨だとテレビを見たりしている。

昼になって食事をする。その後ちょっとした買い物に出掛ける。セールス電話がかかってくれば、何としても断る。

夕方、保育園に孫を迎えに行く。孫を風呂に入れる。食事をしながら晩酌する。食事の後片付けをする。一休みして、調べものをしたり、本を読んだりして床に就く。

大体こんな風な一日である。ほかにも、風呂掃除や洗濯物の取り込みなど、生活をしていく上でのやるべきことは結構多い。

しかし、それらは決まりきった手馴れたことであって、頭を使って考えるということなどほとんどない。妻は日に三度の食事を作るという、少しは頭や手先を使った仕事をしているが、私のやっていることなど、およそ思考的なものからは程遠い。その所為か、孫の入浴に使う幼児用の石鹸やシャンプーなどの日用品がいくつか切れそうになっていても、それらを前もって揃えることなどとてもできず、その都度店に走る始末である。

そんなことで、その日もホームセンターに買い物に出掛けた。五月の青空が気持ちよい。やっぱり季節は春に限ると、散歩がてら歩いて行った。店に着いたとき、七十代後半と見られるお婆さんが、センターの駐輪場横で、自転車をしきりに押そうとしているのに出会った。それが道を塞ぐような格好になっていたので、私は端のほうへよけながら通り抜けて店に入った。

十分ほどで買い物を済ませ外へ出ると、先ほどのお婆さんが、相変わらず自転車を押そうとしている。何をしているのだろうと、チラチラと見ながらその場を過ぎようとしたら、お婆さんに目が合ってしまった。すがるように私を見つめる。

「どうかされましたか」

「自転車が、動かんようになりました」

「どうしたのでしょうね。あ、これ、ロックされたままですよ。鍵を無くしたのですか。鍵はどうされました」

「鍵って、なんですかね」

「ここに、差し込んで開けるものですよ。無くされたのですか」

「あら。持っているかもしれませんわ。ひょっとしたら、この袋に入ってますかね」

「ああ、ここにありますよ、これです。一寸借りますよ」

「アラー。そんなにすればいいんですか」

「この鍵でロックを外すと、動くようになります。覚えておいたほうがいいですよ」

「まあ、ほんとにありがとうございました」

気をつけてお帰りくださいと、いって別れたが、少し気になって五、六歩あるいて振り向くと、見通しのよい場所であるにもかかわらず、そのお婆さんの姿は見えなくなっていた。お婆さんは、体はいたって元気なのだが、そのときに限って思考回路の働きがうまくいかなかったようだ。

そのお婆さんに、覚えておきなさいだの、気をつけてお帰りなさいだのと、つい偉そうに言ってしまったが、自分だってこんな風になることに、毎日近づいているのに違いない。とても他人事ではないと思ったとたん、お風呂用洗剤を買い忘れていたことに気付いて、急いでホームセンターに引き返した。

金環日食

二〇一二年が明けると、まもなく、今年は天体観測の当たり年だと、テレビ、ラジオで盛んに放送するようになった。曰く、六月六日に金星が太陽面を通過するのが見える。曰く、七月十五日に月が木星を隠す「木星の食」がおこる。

それよりもっと大きな出来事として、五月二十一日が日食になるという。それも、日本の大部分の地域で金環日食が見られるというのである。日本各地で観測できるのは、三百二十年振りであるとか、次に見られるのは百年後のことだとか言って、国民がこぞって観察するよう煽らんばかりの勢いで伝えている。どうやって観るのかということについては、しばらくすると書店に観察用眼鏡が売り出されるので、それを購入してもらいたいと、本屋の売り上げの手伝いまでしている。

あんまり宣伝されると、そんなに騒いでまで観るものでもないだろうと、私の心に住む天邪鬼がそっぽを向かせようとする。観察するといっても粗末な眼鏡では何ほどのものが見えるというのだろう。どうせ、大掛かりな装置で撮影したものをテレビで放送するだろうから、それを見たほうがよっぽど良いのではないかと、そう思っていた。それは、三年前に皆既日食があって、今年以上に国中で大騒ぎをしていたのだが、この宮崎の地では、朝から雨が降り、お昼前になって時々降り止む状態になり、雲の切れ目から、かすかに三日月形になった皆既日食終盤の太陽を見ることができただけだったというようなことがあったからである。

一方、テレビは、船で太平洋の観測できる地点に行き、太陽が月に隠れて辺りが暗くなり、また明るくなっていく様を克明に見せてくれたのだった。

季節が過ぎて、桜が散り、学校の新学期が始まると、小学校では日食に合わせて登校時間を早めるというニュースが報じられ、安全に観測するために、観察用眼鏡の正しい使い方の指導をしていることも紹介された。金環日食は五月二十一日だが、一月も前からまるでお祭りの様相を呈してきた。

そんな中、妻が「観察用の眼鏡は買ったの」と聞く。「いや、買ってないよ」と答えると「え、どうして。観るんじゃないの」と重ねて聞く。その日の時間帯に都合よく合わせられないかも知れないし、雨が降ったら観られないし、テレビのほうがよく分かるだろうし、第一買っても使えなかったら無駄になるしとか言いたかったが、面倒なので「考えてるんだよ」と言っておいた。

五月半ばになると、本屋さんで売っている観察用眼鏡の在庫が、さすがに残り僅かになってきた。これまでは、眼鏡を横目に通りすぎるだけだったが、急にあれがなくなったらどうしようという気持ちがわいてきた。なくては困るものではないのだが、持たないままだと何か寂しいような気もしてきた。それで、ついフラフラと買い求めてしまった。

買ってみると試したくなるもので、妻の留守にこっそり太陽を覗いてみた。やっぱり、思っていたとおり小さくしか見えない。これで観察するといえるのだろうか。たかだか五百円の観察用眼鏡なので、大きな期待を持つほうがおかしいのだが、前宣伝に踊らされているような気分になった。

日食まであと数日に迫ると、テレビでも、各地で天文台などを中心に観測体制が整ってきていることを報じ始めた。ＮＨＫでは、天候に左右されない雲の上から、飛行機で撮影する準備をしているということだった。

観察には晴天がうってつけだが、二、三日前からどうも、雲行きが怪しくなり始めた。テレビで、天気予報を伝える気象予報士は「もうすぐ日本中で金環日食が観られます。目の保護を十分にして太陽を覗きましょう」などといいながら、「ただ、お天気の具合がどんなでしょうね」と悲観的な予想を述べている。まったくやきもきさせられるが、お天気のことは天に任せるほかはない。

いよいよ金環日食の当日となったが、前夜からの雨は止む気配をまったくみせない。晴れていれば、六時半ごろには日食が観られるはずなのに、無情の雨が期待を打ち砕く。テレビのニュースでも、鹿児島の離島で観察を心待ちにしていた小学生達の、がっかりした様子を伝えている。

八時半を過ぎた頃、ＮＨＫでは飛行機で撮影した金環日食の映像を流していた。アナウンサーが興奮した声で実況している。そのうちに晴れた地域の様子も報道されてきた。八十過ぎとみられるお婆さんが、「千載一遇のことでした」と涙ぐんでいる。

通勤途中の会社員や天体望遠鏡を備えた観察会場の人たちも、「素晴らしい。感激です」と口を揃えていた。

置いてけ堀を喰わされた私は、どうにも面白くなくて、「雨でがっかりね。仕方ないよ」と妻に慰められたが、早々にテレビを消して、近所の書店に出掛け立ち読みをしながら、雨を降らせた天を、しばらく恨んでいた。

美白

太陽は、人の上から満遍なく平等に光を降り注ぐようであって、そうでもないところがある。日本といわず、九州のことを考えても、北と南では違いがある。日豊海岸を汽車で下ると、大分の宗太郎峠を越えて宮崎に入ったとたん、どんよりとした曇り空から明るい晴れの天気に変わり、海の色も黒から青になる。日の光がふんだんに溢れている証拠である。

それ故であるかどうか分からないが、宮崎には色の白い人は少ないように思われる。特に東北地方の抜けるような白さの肌をもつ人は皆無といっても過言ではないだろう。「色の白いは七難隠す」とは、昔からよく言われてきた言葉だが、今でも色が白いのは女性にとって大切なことであるようだ。

十数年前には「鈴木某」、現在は「佐伯某」という美容家が、テレビで盛んに色白になる方法を説いている。その一つに、絶対に日焼けをしないことと言っている。『日差しの強い夏は勿論のこと、冬でも肌を露出してはいけません。長袖のシャツを着て手袋をしましょう。帽子を深く被り、大きめのサングラスをかけます。さらに曇りの日でも日傘を差して、道路の照り返しにも注意しながら歩くことが慣用です。家の外に出るのは極力短くしましょう』こんな提唱をするその人の顔は、まるで白い絵の具を塗ったようで、気味が悪いほど白い。なんだか病的な白さにも思えてくる。

日焼け対策を毎日繰り返すことのできる人が、いったいどれほどいるというのであろうか。一方、これまでに太陽の光を浴び続けて、皮膚への蓄積がある者は、もう絶対に白さを取り戻すことはできないのだそうだ。そうであるならば、子どものころに防御措置を施してきていない者に、いくら美白論を述べても空しいだけではないのだろうか。

私のように、子どもの時分からさんざん日に焼け、今の色黒はその蓄積であるとすれば、もう手遅れではないか。今頃、あのとき日に焼けなかったらよかったのにと言われても、後出しじゃんけんをされているみたいで、何か釈然としないものがある。

しかし、つい最近になって、日焼けを怖がって、家の中にばかりいると、骨の形成が阻害されて、健康に悪い影響を及ぼすとテレビで報じていた。特に妊婦が日に当たらないと、お腹の赤ちゃんによくないという研究結果も出ているという。

それを聞いて、やっぱり多少は陽にあたるほうが良いのだと喜んだが、若いときから還暦を過ぎた今まで、年中畑仕事をしてきた私は、あたりすぎかもしれないと考え始めた。

私が小学生の時分には、夏休みに入るのを待ちかねて、一つ葉浜の入り江で魚を釣ったり泳いだりしていたし、草原でトンボを追ったりしていたので、体の裏表が分からないほど真っ黒になっていた。

当時は、肌を焼くのは良くないという話を聞いたことはないし、むしろ黒く焼けたのを自慢する「くろんぼ大会」が各地で開かれていたものである。時代が少し下った昭和三十年代後半になると、小麦色の肌は健康的な色だともてはやされ、わざわざ「日焼けサロン」なるところへ行って、人工的に黒くする人もいたものだった。

それが、二、三十年前ぐらいからだろうか、太陽光に含まれる紫外線が皮膚に有害だといって、日光を避けるようになった。多分、地球を覆って、太陽光の紫外線をカットするオゾン層が失われてきたのが分かってからのことだと思っている。紫外線を多量浴びると皮膚がんになる確率が高くなるといわれたら、日焼けを避けたくなるのが人情である。

しかし、体のどの部分も太陽から逃れよと説く美容家の言には、なにか納得できないところがある。いくら、太陽から逃避した生活を続けようとも、生まれつき色の黒い者は、白く変わることなどできようもない。それに、健康のために多少は日光を浴びたほうがよいといわれている。だから、紫外線が体に悪いからあまり直射日光に当たらないようにしようという説には賛成できても、ただ色白になるために、日光を完全に遮断することには少し疑問が残る。

でも、この美容家、太陽の光を徹底して避けるならば美白になれますよとは言っても、決して美人になれますよとは一言も言ってはいない。顔や腕、あるいは足など体中を隠して、日光に当たるまいとしている女性達は、よもや美人になれると思ってせっせとそうやっているのではないですよね。

田植え

七月も下旬となり、例年になく長かった梅雨がようやく明けて、強い日差しが照りつけるようになった。暑さに弱い私にとって、体がだるくなり、気が滅入る季節の到来である。

夏の暑さとなった日に、これまでの長雨で取り入れが遅れていた今年の早場米は、西都市で出荷されたものは、幸いにもすべて一等米であるとテレビで報じていた。十五年ほど前まで米を作ってきた私には、年ごとの出来栄えが、他人事ながら気になって仕方がない。今年は、台風が来たり長い期間雨が降ったりした割には良い出来だぞうで、先ずは目出度いといったところである。三月末の田植えから四個月、収穫にこぎつけるまでは、農家にとって気の抜けない日々であっただろう。

今年の田植え時期には、あまり気温が上がらずに、例年より一、二週間遅い植え付けだったと覚えている。それでも平年と同じ時期に出荷できていることに、農家の苦心のほどがしのばれる。

田植えといえば、文字通り田圃に稲の苗を植えることであるが、この言葉が、最近若い女性達の間で違う使われ方をしているらしいことを知った。睫毛を豊かに見せたい女性が、付け睫毛をしているのは今や常識のようになっているが、付け睫毛を部分的に付けることを、田植えと称しているということだ。

「今日の田植えはうまくいった」「ほんとだ、時間かかるよね」と会話しているらしい。部分的な付け睫毛をつけることが、田植えのように見えるからというのだが、私達が一本また一本と、手で植えてきたこれまでを茶化されているようで、あまり良い気分ではない。

六月中旬のことだったが、ラジオを聴いていると「昨日は田植えで、一家総出で苗を植え、そのあとみんなで焼肉をしました」という投稿が読み上げられた。アナウンサーは「え、いまごろ田植えですか。田植えには遅いのではないですか」と感想を述べていた。投稿したのは都城市に住む人で、今月中には集落の皆が田植えを終わりますと、続けている。アナウンサーは更に「暖かい地方だから、今頃植えても早く収穫できるのですね」と頓珍漢なことを言っている。相方の女子アナなど「焼肉ですか。いいですね。私も参加したい」と食い気たっぷりだった。

早期水稲を作付けするようになる五十年前までは、日本のほとんどの地域で、梅雨に入る六月下旬から七月初旬に田植えをしていたし、今でも普通作の場合はそうしているのだということを、この東京のアナウンサー氏は知らないようだ。

私の若いときと比べて、田圃が激減した所為か、田植えをすることはもとより、田植えの様子を見ることさえなくなってしまったのではないだろうか。昔、人力や牛馬に頼るしかなかった頃には、田植えまでの工程は、先ず田起こしといって水の入っていない田圃を掘り起こすことから始め、次第に土の塊を小さくしたうえで、水を入れて代掻きが行われる。この代掻きも「荒代」「中代」ときて「植代」になって田植えが行われるのである。今は、トラクターであっという間に田起こしも代掻きも済ませてしまうが、長い時間をかけて田植えまでたどり着けたからこそ、田植えを終えた祝いの「早上り」が楽しみであるわけで、先ほどの女子アナに「焼肉ですか。参加したい」と言われても、すぐには、そうですかさあどうぞということにはならないような意味合いを持っているのである。

それにしても、付け睫毛を部分的に付けるのに「時間かかるよね」と言っていた女の子、そんなに大変なら、おじさんが田植え機でいっぺんに植えつけてやるから、一度私の家においでなさい。

経験したことのないような大雨

今年は、台風の当たり年だ。三月の末に、第一号がテレビの天気予報画面に表示され、どうしてこんな時期に現れるのだと思ったのが始まりである。六月に入ると一週間おきに四個も発生して、あまりお日様の顔を見ることがなくなってしまった。

この調子では、七月もきっと相当数の台風に見舞われるだろうと思っていたら、案に相違して台風は発生せず、梅雨前線によるものだという雨に、連日見舞われることになった。

私は毎年、七月には博多祇園山笠を見物するために福岡市に出掛けることにしているので、祭りの間の空模様がとても気になる。祭りは雨でも行われるが、やはり天気がよいのに越したことはない。それに、今年は祭り本番の十五日が日曜日になるために、十二日からの木、金、土曜日のホテルが満室で予約できず、やむなく福岡に住む娘のところに泊まることになってしまった。娘や孫に会って、どこかへ出掛けたりもするだろうから、晴れと雨では大違いなのだ。

祭りは七月一日から始まって、十五日が祭り本番の「追い山」であるが、十二日と十三日にも「追い山」同様に山笠を担いで走る様が見られる。それで、毎年のことだが十二日のお昼過ぎには福岡に到着したいと考えていた。

五、六年前までは、飛行機で直接福岡へ行くことが多かったが、近頃は車で出掛けて、妻の姉夫婦が住む八代市の家で一泊する方法を取っている。宮崎から福岡までは約三百キロで、時間にして四時間半ほど掛かるが、八代は福岡との丁度中間地点になるので、長時間の運転とならずに済むし、従ってあまり疲れることもなく、私にとっては具合がよい。妻にとっても年に一度ではあるが、姉妹でゆっくり話すことのできるよい機会となっている。

七月十一日は、朝から曇っていて、今にも降りそうな気配がしていた。午前中に、義姉夫婦や福岡で待っている孫達へのお土産を準備し、施設に入所している母の昼食の介助を行い、そこの職員に十五日までの四日間は来ることができませんという念押しをして、午後二時頃出発した。

いつもだと車を飛ばして二時間弱で到着するところを、高速道路の制限速度である時速八十キロメートルを守りながら走り、途中の山江パーキングエリアで一服するなど、ゆっくり時間をかけたつもりだったが、四時半過ぎには八代に着いてしまった。これまで、自分の直前を走る車は、とにかく追い越してしまいたい「急ぎの虫」を身中に飼っていたのだが、これを封じてしまうと案外楽に運転できて、かかった時間もさほど気にならないことに気付いたことだった。

気になっていた雨は、八代市に入ると同時に降り始め、妻の姉の家に着くころには本降りになってきた。義姉夫婦の住んでいる家は、球磨川まで三百メートルと離れていないし、目の前には小さな山があるので、雨のときは洪水や鉄砲水が心配に思えるのだが、これまでに一度も浸水に遭ったことはないのだという。

夕食を終えた八時頃から、雷を伴っての豪雨となった。テレビでは、東シナ海に暖かい空気の塊があって、それが九州北部に流れ込み、冷たい空気とぶつかって雲を作り、大量の雨を降らせているといっている。そのニュースの中で繰り返していたのが

「これまでに経験したことのないような大雨」に注意するようにということであった。「経験したことのないような大雨」というのは、記録的短時間大雨情報として最大級のものだというのだが、いったい、経験したことのないものを、どうやって想像したらよいのやら、酒の酔いが次第にまわりだした頭で考えるのは到底無理なことなので、早々と床についた。

翌朝、八時に目覚めると雨は昨夜より弱くはなっていたものの、まだ降り続いている。テレビを付けると、阿蘇市での洪水による被害の様子を映している。今朝未明に山が崩れ、土砂で家が押し流されたり、潰されたりしている。川も濁流となり、橋の欄干には山から流された木々が多量に乗り上げている。義兄がそれをみて「あの橋には見覚えがある」と声を上げた。義兄夫婦の長男の住むマンションが近くにあるのだと言う。私も心配になって「マンションは大丈夫だろうか」と聞くと、義姉が台所から「大丈夫よ。さっき嫁から電話があって、まったく心配ないからって言ってたよ」と返してきた。なんでも、住んでいるところ一帯が高台なので、洪水とは無縁で居られるということだ。

朝食を済ませると、妻が「何時ごろ出発するの」と言うので、「福岡に二時頃には着きたいから、十一時に出ればいいかな」と答えたのだが、インターネットで交通情報を検索していた義兄が「熊本インターから植木インターまでが、通行止めになってるよ。それにこの雨だから、迂回路も混んでるだろうし、もう一晩泊まったほうがいいよ」と言ってきた。

雨はしきりに降っている。時折、雷鳴も轟く。テレビでは、熊本市内を流れる白川が危険水位に達して、付近住民に避難勧告が出たと伝えている。国道三号は白川に沿うように敷設されている。そうであれば、高速道路を降りて、熊本から迂回路である国道三号を通ることはできないかもしれない。

これでは、本当にもう一晩義兄宅に厄介にならないといけないのかなと思いながら、ぼんやりテレビの画面を見ていると、また「経験したことのないような大雨」に注意するようにと言っている。雨に注意しろと言われても、降ってくる雨の大部分は道路の側溝へと流れてしまうので、たまった雨水を目で確かめることはできず、何十ミリの雨が降ったとしても、それを実感することはない。

それよりも、川の水位が上がってくる、その映像を見せられたほうが、なるほどよく降ったものだと具体的に知ることができる。だから「経験したことのないような大雨」という文言は、私には抽象的過ぎて分かりづらいので、川の堤防何メートルを越えて溢れてしまう大雨と言われたほうがすっきりと飲み込める。それで、各地の気象台は、敷地内に深さ十メートルほどの穴を掘って、今これだけの雨水が溜まっているので注意するようにという情報をくれたらいいのにと思うのだが、いかがなものだろうか。

そんなくだらないことを考えながら外を見ると、道路が川となって水が流れている。その一部は、義兄の屋敷内にどんどん流れ込んでいる。義兄も「こんなに流れ込むのは初めてだ」と少し呆れている。水は流れ込むのだが、屋敷内に水が溢れてはいない。不思議に思って聞いてみると、地中に溝が作ってあって、家の裏側の一段低い道路に流れ出るようにしてあるという。そこから低い土地へと流れ、最後に川に流れ込むようになっているので、水浸しにはならないのだそうだ。宮崎は高低差の少ない平野なので、こんなことはとても考えられない。

出発を予定していた十一時が過ぎ、正午になっても雨の状況は変わらない。高速道路の通行止めも白川沿いの避難命令もそのままである。義姉達は「今日は諦めて明日にしなさいよ」という。私は「いや、なんとしても今日中には福岡に行きたい」と頑張ってはみるが、いかんせん雨がやまないことにはどうにもならない。

午後一時になった。「こうなったら熊本インターで降りて、植木インターまでは迂回路を行くよ。カーナビの表示を見ながら行けばいいだろうから」と私が言えば、義姉が「まあまあ、お昼を食べてからにしなさいよ。そうめんしかないんだけど」と昼食を勧めてくれた。

ガラスの器に氷水を張って冷たくしたそうめんを、生姜、葱、茗荷、錦糸卵などの入ったつゆでいただくと、ツルツルとのど越しよく、しばし大雨の鬱陶しさを忘れることができた。

お腹が落ち着いて、再びテレビを見ていると、白川の水位が一メートルほど下がったと言っている。そういえば、雨も小降りになってきている。これは雨が上がってくれるのではないだろうかと、出発の支度を始めた。

二時半ごろには、白川の水位が二メートル下がり、雨もほんの小雨程度になった。これなら迂回路は国道三号を使えるかもしれない。少し希望が見えてきた。妻は、福岡の娘に電話して「今から出発するね。いったん高速を降りるだろうから、そちらに着くのは何時になるか分からないけど、多分夕方までには着けると思うよ」と少し楽観的なことを言っている。

義姉夫婦に「一泊二食でお世話になろうと思っていたのに、三食になってしまってごめんなさい」と軽口をたたいて、いよいよ福岡へと出発した。雨は小降りになっているものの、八代インターへ向かう途中、何箇所も山側へ向かう道が通行止めになっている。この辺りは急傾斜地区の看板が多く見られるが、土砂災害を免れるための通行止めと見受けられた。

八代インターから熊本方面へ向かうと、制限速度の標識は五十キロとなっている。時折雨が強くなったりしている。注意して走らなくてはという気持ちになる。それにしても、八代と人吉の間は何度も通行止めになっていて慣れっこだが、熊本からの通行止めは初めてのことであった。

松橋を過ぎる頃に雨が上がり、御船にさしかかると雲はあるものの明るくなってきた。気のせいか車の数も増えてきたようだ。そしていよいよ熊本インターへ来てしまった。それではここで降りようと左のウインカーを点けたときだった。道路を塞いでいるバリケードが片付けられようとしている。係りの人がセーフティコーンを、道路わきに運んでいるのが見える。ひょっとして通れるようになったのかとスピードを落としながら近づくと、一車線分が開放されている。やれうれしやと再びスピードを上げて熊本インターを通過した。

妻も「やったー。通れた」と興奮している。私が「開放されて二台目の通過じゃないか」というと「前に三台いるから四台目よ」と言いつつすぐ娘に電話して「すごいよ。通れたよ、四台目だった。そっちへは早く着けるからね」と両手で万歳をしている。八代の義姉にも電話するというので、「そうめんのおかげだと伝えてくれ」と言うと「通れたよ。そうめんを食べずに出発したら、熊本で高速を降りるところだった。ドンぴしゃりのタイミングで通れてよかった」と話していた。

五時過ぎには娘のマンションに到着できた。こちらは、曇ってはいるものの雨は降っていない。娘に「早かったね。良かった」と言われて、昨夜からの雨がうそのように思われ、「これまでに経験したことのないような大雨」のフレーズは頭からきれいに消えていた。

リンとレンの夏休み

「リンねえ、カンドとケイドが毎日と、他に日記と読書感想文があるの」と、これは小学三年生の孫娘が、私に夏休みの宿題はどんなのがあるのかと聞かれて答えたものである。「レンには宿題はないのか」と聞くと、「レンはねえ。幼稚園だから宿題はないの」とレンに代わって姉のリンが答える。

リンとレンは、埼玉に住む、私の次男の子どもで、夏休みに入るとすぐに彼らの母親と三人で、宮崎にある母親の実家に帰省し、時々私の家に遊びに来る。レンは男の子だが、ママにくっついて離れない。この十一月で五つになるというのに、親にべったりである。

リンは宿題をたくさん抱えているようで、我が家に遊びに来たこの日も、午前十時ごろに、宿題が終わってないからまだ行けないと連絡があり、結局十一時前になって、今宿題がおわったので、これから行きますと言ってきた。

そんなことだったので、リンにもう少し早く来ればたくさん遊べるのに、いったいどれほどの宿題が出ているのかと尋ねたのである。その答えがカンドとケイドということだったのだが、何のことだかよく分からない。説明されて初めて、カンドとは漢字ドリル、ケイドとは計算ドリルのことだと知った。こんなに小さい頃から、符丁まがいの略語を使うとは何事だ、正確に言いなさいと喉まで出かかったが、大人気ないと思い引っ込めた。

二人は、どういうものか我が家へやってくると、ともにジグソーパズルをやりたがる。外で元気よく遊びなさいと言いたいのだが、熱中症になりかねないほどの暑さではそうもいかない。やはりクーラーのきいた室内で遊ばせるのが無難である。

パズルは、お互いに自分のほうが早くできると競っている。どちらも負けまいとして一心不乱に取り組むが、弟のレンはすぐに「ママ手伝って」と母親に助けを求める。姉のリンは「レン、ずるい」といいながらも、何とか自力でやり遂げようとする。やはり小学三年生だけあって、幼稚園生に対して余裕を持っているようにみえる。

夕方、涼しくなったのでデッキに誘うと、「あ、栗がある、柿もなってる」といいながら、庭の隅を指差して「あれは何」と聞く。「あれはゴーヤだよ。ぶら下がっているのが見えるだろう。収穫してみるか」と言うと、「収穫、収穫うれしい」と、途端の張り切りよう。

はさみを持って庭に下りると、リンは早速大きめのゴーヤを二個切り取った。「リンが二個取ったから、レンも二個取る」と言って弟も負けじと頑張る。たかだか庭に植えただけのゴーヤに過ぎないのに、まるでブドウ狩りや梨狩りでもやっているような気持ちではしゃいでいた。

庭に出たついでに、うるさいほどに庭木で鳴いている蟬を捕らえて手渡そうとしたら、後ずさりして受け取ろうとしない。聞けば、虫は何でも怖いという。そこで、蟬をナイロンの袋に入れて、彼らのそばに投げてやったら、キャーといって逃げいってしまった。二人は、蟬やバッタなどの名前は知っているのだが、実物に触る機会がないだろうから、ここで体験させてやろうという親心は、見事に砕かれてしまった。

二人が我が家へやってくると、同居する長男の子ども二人も嬉しいと見えて、自らのおもちゃを携えて遊びに来る。いつもは、我が家に備えているおもちゃでばかり遊んでいるのに、持っていることを自慢したいのか、「ねえ、これで遊ぼうよ」とか「こっちのもおもしろいよ」と盛んに誘う。

ところがリンとレンは相変わらずジグソーパズルで遊んでいて、チラチラとお互いに視線は送ってくるものの、なぜか仲間になろうとはしない。私が「ほら、折角だから四人で遊べよ」と言っても、「リンは、これのほうが良い」とつれない。勢い込んできた二人は、肩透かしをくって、自分の部屋に引き揚げてしまった。子ども同士であっても、すぐに接点を見出すのは難しいのかもしれない。

八月のお盆が過ぎて三日目に、次男が帰省してきた。お盆に帰りたかったが、仕事の都合でこの日になってしまったのだそうだ。

リンとレンが帰省してからというもの、雨続きで、家の中でばかり過ごしているので、父親が加わったのを機に、大きく駆け回れるような広い場所へ連れて行ってやろうと、高鍋町にあるルピナスパークへ、次男一家と私達の六人で出掛けた。レンに「ここには、どんぐりがいっぱいあるぞ」と教えてやると、車から降りるのももどかしく「早く〻。どんぐり、どんぐり」とせかす。クヌギやシイの植えてある場所で、まだ青い実を取ってやると、両手に持ちきれないほどのどんぐりに、満足そうなにこにこ顔になった。

妻が「どんぐりもいいけど、早く広場で遊ばないと、雨になるかもしれないよ」と先にたって遊具広場へと歩き始めた。私も後を追ったが、途中の木に蟬がとまっているのを見つけたので、手で捕まえて、「どうだ、お爺ちゃんは蟬取り名人だろう」と少し自慢してやったら、二人とも「こわーい」といって私から離れていく。妻に「そんな嫌がることをしないでよ。変な爺ちゃんだね」とたしなめられてしまった。

遊具広場で小一時間も遊ぶと、飽きてきたと見えて、二人とも噴水広場に駆けていった。ここには浅い池があり、足踏みの竜吐水みたいな仕掛けや、飛び石を踏むと脇から水がシューっと上がるものがあったりして、すでに三、四人の子ども達が楽しそうに遊んでいる。

母親から、靴の替えがないから水に落ちないようにしてよ、と言われていたのだが、ものの五分とたたないうちに、二人とも池の中に靴のまま入ってしまった。そして、池に浮いているアマガエルを見つけて、二人とも夢中で追いかけ始めた。蟬は怖いがかえるは好きなのだという。かえるは一匹しかいなかったので、捕まえられなかったレンは、リンに「頂戴、頂戴」というが、リンは「だめ」と一言。レンはすっかりむくれてしまって、私が「レン。そろそろ帰る時間だぞ」と言っても、池に入ったまま、出てこようとしない。

なんとかなだめて車に乗せ、家路についたが、レンにしては相当動き回っていたので、案の定すぐにぐっすりと眠り込んでしまった。一時間ほどで家に着き、車から降ろして畳に寝かせても起きる気配がない。よほど疲れていたものと見える。それから更に一時間経って、同居の孫達が保育所から帰ってきたら、さすがに騒がしく感じたのだろう、ようやく目を覚ました。

これまで、ジグソーパズルばかりしていたレンだが、今日は父親がいて心強いのか、それとも眠った所為で元気が出たのか、男の子三人で家中を走り回りだした。夕食の支度をしている妻のところにまで来て、鍋の中を覗いてはまたリビングへと駆けていく。これまで家の中でおとなしくしていたのが嘘のようである。

あまり騒いで怪我をされても困るので、とってきた青いどんぐりで、爪楊枝を心棒にした独楽と、中身をくりぬいた笛を作ってみせると、孫達四人が、口々に僕にもあたしにもと、たちまち興味を示してきた。ところが、リンは何とか独楽を少し廻せたが、あとの三人はまったく廻せない。笛に至っては、ただ口でフーフーというばかり。それで「どうしたら音が出るの」と聞いてくるが、教えようがないので困ってしまった。そ れで「大きくなったら鳴らせるようになるからね」と慰めにもならないことを言ってごまかしておいた。

一年ぶりの帰省なので、リンとレン及びその両親を連れて、何度か昼食や夕食を食べに料理店に足を運んだ。その度にレンの箸使いの悪さと、食卓を時々離れたりしながら食事をする態度の悪さ、なかんずく右手に箸を持ちながら左手で食べ物を触りまくることに、私は我慢がならなかった。また、お腹がくちくなって、これ以上食べられもしないのだと傍からは思えるのに、残っている料理を指で触り続け、その指を口に持っていく。私は思わず「レン。汚いから止めなさい」とか「お前の箸の握り方はなってない。一度躾け箸でやりなおせ。テーブルにちゃんと着け」などと叫んでいた。

レンはそのときは少しだけきちんと座って料理に向かうが、すぐに元の木阿弥になってしまう。

私は、次男に「どうしてこんなことを許すのか。もう少し食事の態度を改めさせろ」と説教したが、「うん。そうだね」と言うばかりで真剣に聞いてくれない。母親のほうは、「途中でいくら言っても、自分のものだから絶対他人にはあげないと言うんですよ。でも最後にはこれもあげる、あれもあげると言うのですよ」と言うが、散々指で触った挙句にそう言うのであって、行儀の悪いことこの上ない。まったくみっともない上に料理も粗末になってしまうので、とても看過できない。

私が怒ると、妻は「まあまあ、まだ小さいからよね、もう少し大きくなったら、ちゃんとできるよね」と私を牽制する。でも、あと二月で五歳になる。今仕付けないでいつやるのだ。憤懣やるかたなしだが、だれもまともに受け止めてくれない。結局私が空回りをしただけだった。

そうこうするうちに、長かった夏休みも終わり、リンとレンは埼玉へ帰ることになった。二人とも「また一年したら来るからね」と言いながらも、レンは「早く埼玉に帰りたい。埼玉のお家が一番好き」と言う。「狭いながらも楽しい我が家」とは言い古された言葉であるが、こんな小さな子どもに、そんな気持ちが、いつ植えつけられたのだろうかと、不思議に思ったことだった。

順番

近くの魚料理店に、妻と昼食にでかけた。ここは、魚市場から直接魚を仕入れて捌くので、新鮮でおいしいと評判のところである。

着いたのは十一時半ごろだったが、看板が「準備中」になっている。まだ開いていないのだろうかと思ったが、外の駐車場はほぼ満車にちかいし、車を降りた人は店に入っていく。私が入るのをためらっていると、中から従業員が出てきて看板の「準備中」を裏返し、「営業中」へと変えた。いつもの開店時間の十一時が過ぎているのに、看板が「準備中」のままになっていたのを、店の人がうっかりしていたものと見える。

やれやれと店に入ると、席はすでに八割ほどが埋まっている。日曜日の所為か、開店直後だというのにお客が多い。見る間に満席になった。入り口では、順番を待つ人が並び始めた。「やっぱりこの店には早く来ないといけないな」と妻に言うと、「そうね。こんなに多いとは考えていなかった」とほっとした様子である。

いつもは注文をすると、五分もすれば料理が運ばれてくるのに、今日は水が出されただけで、十分を過ぎてもまだこない。見回すと、他のお客達も厨房の方や従業員をちらちらみたりして、どうして今日は遅いのだろうとお絞りを触ったり、メニュー表を見直したりしている。やがて、私達のすぐ前に入ったお客に料理が運ばれていって、次はこちらの番だなと思え、少し安堵した。

しばらくして、私達に料理が運ばれてきた。勿論すぐに食べ始めたのだが、私達よりだいぶ前から来ているらしい隣のテーブルの、若いカップルにはまだ運ばれてこない。食べながら何となく後ろめたい気分になる。

私は海鮮丼定食、妻は鮨定食を頼んでおいたのだが、妻が「あれ、漁があんまりないのかしら。同じような魚ばっかりね」と言う。そういえば、私の丼の中身も、かつお、まぐろ、いか、ぐらいのことで、イクラが申し訳程度に大葉に乗っかっている。魚を食べてみると少し乾いているような感じを受ける。あらかじめ切っておいたものを盛り付けたのに違いない。それなら、私達の注文したものが、手の掛かる天麩羅類よりも早く来たことがうなずける。そう思ってみると、ご飯に張りと艶がなく、ねちゃっとした口当たりで、弾力がない。前日に炊いたものを保温しておいたのではないかと疑いたくもなる。

私達が食べている最中に、近くのテーブルの七十代と思しきおじいさんが、従業員に「まだ来ないのかね」と聞いている。従業員は「すみません。順番でやっていますので」とそっけない。気の毒なことだと思いながらも、私達は食べ続ける。

お客が多すぎるのか、調理に手間取っているのか、おそらく両方の所為で料理が出てこないのだろうが、従業員はとみると結構忙しそうにテーブルの間を動いている。厨房からお膳を運んできた従業員が、隣の若いカップルに「順番がきました。次には、持ってまいりますので」と声を掛けていった。若い男の顔が緩んだように思え、他人事ながら私も少しほっとした。

私たちが食べ終わった頃、別のテーブルの七十代に見えるおじいさんが従業員を捕まえて「まだかね。この隣の人たちは、一緒に入ってきたのに、もう食べ終わって帰ってしまったじゃないか」と怒っている。従業員が返事をしたようだったが、私には聞こえなかった。再びおじいさんが「そんな言い訳したってだめだ。まったく誠意がない」と怒鳴り始めた。後から来て先に食べ終わった私は、自分が怒られているみたいで、身を縮めていた。おじいさんは、従業員に文句を言ったことで気が済んだのか、それともすぐに持ってくることの確約でも取り付けたのか、それからは静かになった。

私の隣のテーブルには、まだ料理がこない。男は、ケータイをいじりながら「ああ、腹が減った」とつぶやいている。女のほうもケータイを手にして体をよじりながら「もう、よだれが出る」と意味不明の言葉を吐いている。

席に着けない客が入り口に列を成している。食べ終わった人たちは次々と帰っていくが、並んでいる人の列は短くはならない。私も早く交代しなければと思いながらも、隣のカップルに料理が来ないのは何故だろうかと気になって仕方がない。そもそも何を注文すればこんなに遅くなるのか知りたい。よほど手の込んだ料理を頼んだのだろうか。まだ二十代だろうから、昼食にそんなにお金をかけられるはずもないと思えるのだが。

若者達は、待ちくたびれたのか会話がまったく途切れてしまっている。二人して、首をぐるりと廻してみたり、天井を眺めたり、また、足をテーブルの下いっぱいに広げて身悶えしているようで、うんざりしている様子が見える。

こんな二人を見ていると、よし、ここは、並んでいるお客さんには悪いが、このテーブルに料理が運ばれてくるまで待って、その正体を見届けてやろうという気持ちになってくる。

妻は、先ほどから「早く出よう。たくさん人が並んでいるから」と催促している。私は「もうちょっと待ってくれ」というのだが、さらに妻は、「何かあるの。知ってる人でもいるの」と訊いてくる。まさか、隣のカップルが何を頼んだのか知りたいと、大きい声では言えないので、「後で説明するから、少し待ってくれ」と頼んだが、妻はさっさと席を立って、出口へと向かってしまった。まったく気の利かないことで、なぜもう少し待ってくれないのかと思ったのだが、一人だけ座っているわけにもいかず、仕方なく後を追った。

店を出て、妻にこういうことだと、訳を話すと「そうよ、私も気になっていたの」と同じことを思っていたという。だったらもう少し席に頑張っていて、疑問を解消してからにすれば、すっきりした気持ちで帰ることができただろうに。

それにしても、いつ行っても注文すればすぐに出てくるあの店で、若いカップルの注文した料理は、いったい何だったのだろうか。結局分からないままになってしまって、私にはなんとも心残りである。

今度あの店に行ったときには、メニュー表をよく観察して、なかなか出てこなかった料理の名を、きっと突き止めてやろうと思っている。

津波避難訓練

午前七時半といえば、私にとっては早朝で、起きて間もないため、まだ頭がぼんやりしている時間帯である。それでも、顔を洗い、長袖シャツにズボンと衣服を改め、運動靴を履き軍手を持ち、タオルと水筒を入れたリュックを背負うと、帽子を被って集合場所である白治公民館へと向かった。時は九月二日、我らが自治会の催す「津波避難訓練」に参加するためだ。

今は、市内のほとんどの自治会に「自主防災組織」が設けられていて、災害発生に対処するために、年に一度ではあるが訓練が行われている。自主防災組織といっても、自治会や公民館の役員が兼ねているのであって、私も順番で回ってきた「班長」をやっているので、自動的に自主防災隊員になっているというわけである。

公民館には、すでに四、五人が集っていて輪になってタバコを吸っている。いまどき珍しい光景だと見ているうちに、隊員以外の一般参加の人たちも集まり始めた。いつもは、隊員だけで行われているということだが、南海トラフでの地震が大津波を引き起こすかもしれないとの報道があるからかもしれないが、一般参加の人が多くいて、訓練参加者は五十名近くになった。

訓練といっても、八百メートルほど先の小学校まで歩くだけのことだが、市役所からのお達しでは、地区住民の防災意識を向上させることが主な目的であるから、集団で歩いていくだけでもいいのだそうである。

出発に先立って、自治会長から訓示があった。一つ、自治会の幟を先頭にすること。一つ、折りたたみ式のリヤカーに発電機、ガソリン缶、ライトを積み込むこと。一つ、高齢者や子どもに合わせてゆっくりと歩行すること。一つ、車に気をつけ交通事故等に遭わないようにすること。一つ、ヘルメットを着用すること。そのほかに、目的地の小学校では、三階建ての校舎に外階段が最近設置され、屋上に上れるようになった。それを使って屋上まで行くことを、訓練の一環にしようと考えていたが、実は今朝八時から「外階段設置祝賀会」が行われ、テープカットがあるまでは使えない。市役所からは、避難訓練をするのなら、そのついでに式典に参列してもらいたいといってきているので、そうすることにした、との話があった。この暑い最中、すぐに終わると思っていた避難訓練は長引きそうである。

さて、幟を先頭に公民館を出発した。皆、歩きなれた道なので、足取りは軽い。ゆっくり歩いてくださいとの指示が何度も出て、速度を緩めながら歩いても、十四分四十五秒で目的の小学校に着いてしまった。

校庭には、日曜日なのになぜか大勢の人が動き回っている。大人もいれば子どももいる。エンジンつきの草刈機を押している人のそばに、刈り取った草を集めている人がいる。ＰＴＡによる奉仕作業のようだ。私にはとても懐かしい光景である。

三十年近く前になるが、長男がこの小学校を卒業するまでは、毎年私も参加していたのだ。新設された学校に、一年生として長男は入学したのだが、運動場はただ広いだけの更地であり、体育館もプールもない有様だった。

殺風景な現状を変えるのはＰＴＡであるとばかりに、何度も、労力奉仕ということで環境整備に狩り出された。運動場に木陰をつくろうと木を植え、大きな古タイヤを半分地中から出して埋め、ペンキを塗って子どもの遊具とした。体育館建設に当てられた場所を整地し、運動場横には二メートルほど土を盛り築山とした。

三十年を経て、木は五メートルを越す大木となり、運動場のフィールドは緑に覆われている。校舎の壁は少しくすんできているが、教室も廊下も当時のままの姿で健在に見える。

往時を思い出していると、自治会長から集合の合図があり、三階建て校舎の内階段を登って屋上へ移動するようにとのことだった。着いてみると、そこにはすでに「外階段設置記念セレモニー」会場が設置され、百人以上の人たちが折りたたみ椅子に座っている。学校周辺の自治会長や民生委員など、知名の士が挨拶を交わしていた。市役所教育委員会主催の看板が掲げられている。消防などの災害対策関係者も招かれているようだ。我々一行も港や海の見えるこの屋上に上って、「なるほど、近くに高い建物はまったくない」とか「津波がここまで来るだろうか」などと、てんでに感想を言い合った。

ややあって、市長挨拶を皮切りにセレモニーが始まった。市長は、「この小学校の周りには高い建物がなくて、津波からの避難に不安を覚えてこられたと思いますが、この屋上は十四メートルの高さがありますので、いざというときにはここに逃げられるという安心感を持っていただけます」と挨拶の中で述べた。その後、市議会議長や小学校の児童代表が挨拶し、それぞれ避難場所の確保ができたことを喜びあっていた。

しかし、南海トラフで大地震が発生すれば、宮崎では最大十七メートルの高さの津波が押し寄せると報道されている。校舎屋上の十四メートルを軽々と超える波が来ればひとたまりもないと思うのだが、それでも市長を初めとして、誰も不安を口にしない。どうも考えが無邪気すぎるような気がしてきた。

セレモニーが終了し、今度は通れるようになった外階段を下りることになったが、大人二人が並ぶと窮屈になる幅しかなくて、大勢が一度に使用すると混乱が起きるのではないかと思われた。

一行は運動場脇に集合し、幟を先頭に帰路に着いた。九月の暑い日ざしが照りつけるなか、みんな早く帰りつきたい思いからか、あまり言葉を交わさないまま、足だけが段々速くなる。列の後ろにいた自治会長が、「もっとゆっくり歩いてください。年寄り、子どもを置いていかないでください」とハンドマイクで呼びかける。しかし先頭の速度を遅くする効果はなくて、ついには、先頭と後方では五十メートルも離れ、二つの集団になってしまった。こんなに離れてしまっては、助け合って避難するという訓練の目的はどこかへ飛んでいってしまったようだ。

ほどなく公民館まで帰ってくると、皆ほころんだ顔になった。高齢の男性方のほとんどがタバコを吸い始めた。ただ目的地まで行進をする訓練とはいえ、そこには緊張感があったものと思われる。

がやがやとしてまとまらない中で、自治会長の講評が始まった。「みなさん、今日はご苦労様でした。天気もよくて、予定していたとおりの訓練ができて満足しております。予定外の『外階段設置祝賀セレモニー』が入ったために時間が余計に掛かりましたが、具体的な避難場所の確認ができたことは、有意義だったと考えております」と、これまではよかったのだが、続けて「そうではありますが、現実の問題として、あの小学校は避難所としては適切ではありません。私たちの地域よりも海に近いからであります。津波が来るというのに、わざわざ海に向かっていくことはあり得ません。

ですから、みなさんは今日の訓練は訓練として、実際に津波が来たら、海とは反対の方向へそれぞれで逃げていただきますようお願いします」と結んだ。

隣近所に声を掛け合って、助け合いながら避難しましょうという当初の目的とは違った結論になってしまったが、まあこれも、平地で高い場所のない宮崎としてはやむを得ないのかと思いながら帰宅した。

コーセイとユースケの運動会

「ユー君ね、はしれはしれをするの」と、保育園から帰ったばかりの、三歳の孫ユースケが、私に話しかけてきた。傍から「十月七日に運動会があります」と孫の母親が口を添える。「そうか、ユー君は駆けっこ速いのかな」と聞くと、母親が「自分では一等と言ってますし、先生も練習では速かったですよ、と言ってました」と答える。そうであれば楽しみなことで、「ユー君、駆けっこがんばりなさいよ」と励ませば、「うん、ユー君がんばる」と力強い言葉が返ってきた。

運動会は、孫達にとって大きな関心事であるらしく、それが日々の言動にも表れてくる。ある日のこと、ユースケが、太鼓をたたくしぐさをしながら片足をあげたりしていると、彼の兄で保育園年長組のコーセイが、「ユー君、違う。そっちの足を上げたときは、こっちの手を使うんだよ」とすかさず手直しをさせる。彼らの保育園では、ここ数年、沖縄の踊り「エイサー」を専門家に指導してもらい、年長組の園児に、運動会と年度末のお遊戯発表会で踊らせている。それで、コーセイも習いたてではあるが、弟に自分が「エイサー」を踊れるところを見せたかったのだろう。

別の日のこと、コーセイとお風呂に入っていて、「今日コーセイ達は、公園でダンスやエイサーの練習をしてただろう」と聞くと、「えっ、どこで見てたの」と驚いた顔をする。「おじいちゃんはね、お家の屋根に上って見てたんだよ。お前は後ろのほうで踊っていたよね」と言うと、「うん、後ろのほうだったけど、お家から見えるの」といぶかしげである。私は調子に乗って、「先生が、二人来てたのが見えたぞ」と言ったら、「ううん。三人だったよ」と反撃を食らってしまった。

実はその日の午後、孫達の運動会が行われる予定の公園に、福岡にいる孫に送ってやろうと、どんぐりを拾いに行ったのだが、その公園で青い帽子を被った子ども達が、三十人ほどでダンスをしていたのだ。見覚えのある帽子だなと見ていると、なんだか孫のコーセイに似た子どもがいる。よくよく目を凝らすとやはりコーセイだ。保育園の運動会が近づいたので、この公園で練習をしていたとみえる。先生がとても熱心に指導している。子ども達も懸命に練習している。こんなところで孫に見つかると、踊りを邪魔しかねないと思って、そっとその場を離れたのだった。

運動会前日、妻が「明日のお弁当は何にしようか」と聞いてきた。「二人で食べる分だけだから、握り飯でも何でもいいんじゃないか」と答えると、「だって、コーちゃん達や新富町（つまりコーセイの母方の祖父母）のお母さん方の分もだから、何でもいいのじゃないの」と反論があった。そして、「巻き鮨とイナリがいいかねえ。ウン、それにしよう」と断言した。そのうえ、「明日の朝は忙しいから、巻き鮨の具は私が作るけど、巻くのはお父さんがやってよね」と言われてしまった。

当日目が覚めると、妻はすでに台所に立っていた。「具はできているから、すぐに巻いて」と檄がとぶ。たかだか保育園の運動会に持っていく弁当を作るだけなのに、よく張り切れるものだ。「まだ、唐揚と煮付けが途中だから、今朝はお味噌汁はなくてもいいよね」「うん。お茶があれば良いし、ご飯も巻き鮨の切れっ端を食べとくよ」というやりとりの後、私は巻き鮨作りに取り掛かった。

巻き方の要領を心得ているつもりでも、慣れているわけではないので、具を入れすぎて太巻きみたいになったり、具が芯から外れて一方に偏ったり、ゆるい巻き方になったりと、黒い筒状の物体が五本できあがった。残った酢飯に、余った巻き鮨の具を小さく刻んで混ぜ、それをウスアゲに詰め込んでイナリをこしらえた。これも大小があって不揃いだが、男のすることでこれもご愛敬と一人納得して作業を終えた。

孫達一家は、準備があるので先に行きますと出掛けていった。ユースケの出番はプログラムの一番目である。我々も遅れを取ってはならじと出掛けようとすると、妻が「ちょっと待って。まだお化粧していない」と言い出した。まったく女は不便なものである。

会場の公園に駆けつけると、ユースケは新富町の祖父母と共に椅子に腰掛けて遊んでいる。「もう終わってしまったのですね、ユー君のかけっこ」と声を掛けると、「走らなかったんですよ。ママに抱っこされて出場はしたのですが、『ユー君走らない』と言って抱っこされたままでした」との返事。

やっぱりと思ってしまった。ユースケは反抗期の真っ盛りで、強制されると絶対にやらない。おもちゃで遊んでいて、誰かが「貸してよ。貸してよ」と、しつこく借りようと迫ると「だめ」と言ってそのおもちゃを握り締め、挙句にはポーンとおもちゃを放り投げ、どこかへ行ってしまう。おまけに人目があるところではあまりやりたがらない子だ。おそらく、気分が乗っていないのに、ママに「ユースケ、ちゃんと走るのよ」とみんなの前で言われて「いや」と反応したに違いない。

ユースケの足の速さは分からずじまいのまま、コーセイの駆けっこの番になった。コーセイの母方では、みんな足が遅くて、リレーの選手に選ばれたことがないのだという。だから、小さいときからチョコマカと動いていたこの子に、大きな期待を寄せているとのことである。

コーセイの雄姿を撮ろうと、カメラを構えていると、いよいよ四人でスタートした。直線ではなく、円形の七十メートルのコースで外側から走りだしたものだから、コーナーを回る度にどんどん離され、にこにこしながら四番目でゴールにたどりついた。今後を期待できるような走りではなかった。

ユースケは、もう一つ、親子ゲームに出場すると、もう出番はなくなり、祖父母四人をかわるがわる遊び相手にしてご機嫌だった。コーセイは、年長組なので出番が多く、ダンス、玉入れ、エイサーを終えて、やっと午前中のプログラムを消化した。

昼食の時間になると、公園の木々が風に吹かれて、葉を盛んに落とし始めた。風がある所為か、木陰は少し肌寒いくらいだが、声援を送り続けて火照った体には、むしろ心地よく感じられる。

それぞれの家庭が車座になってお弁当を食べる光景は、これまで何度も見てきたが、和ませるものがあっていいものだ。私達の輪には、コーセイ、ユースケとその両親、両祖父母にコーセイ達の叔母夫婦と、合計十人が加わった。そこに三家族で作った弁当が真ん中に出されたのだが、新富町のは、鶏の唐揚げ、鮭の焼き漬け、混ぜご飯のおにぎりと今風なのに比べ、我が家のものは、巻き鮨にイナリと伝統的、長男のところは子どもが二人ともアレルギー体質なので、卵などを除いたものと三者三様である。

私が、いびつな出来具合の巻き鮨をを早く片付けようと、もっぱら我が家の弁当をたべていると、「こちらのも食べてください」と新富弁当を勧められる。それではと箸を延ばすと、こちらの重箱を指して「その巻き鮨がおいしそうですね」と食べてもらえた。すかさず妻が、「これ、お父さんが巻いたのですよ」と責任の所在を明らかにする。「まあ、そうですか。いいですねえ。家のお父さんなんか、何にもしませんから」と私をほめつつ、自分の夫を嘆いている。彼のお父さんは、聞こえていないよという風に、そっぽを向いて唐揚げを食べていた。私は「手が足りないというので巻いただけですよ。巻きがゆるかったり、具が偏ったりして、うまくいきません。なにしろ年に一度のことで」と釈明することだった。

ユースケは、「おじいちゃんのとこが良い」と私の膝に座り、あれを取ってよ、今度はこれと指図する。少し食べ進んだところで重箱の下段にあったミニトマトを見つけ、「トマト食べる。トマト、トマト」と言い出した。

ユースケはトマトを食べ始めると他のものは一切受け付けない。それで、重箱の底のほうに隠しておいたのだが、おにぎりなどをあまり食べないうちに見つけてしまった。「おにぎりをもう一つ食べてからにしようよ」とか「タコさんのソーセージおいしいよ」などと周りから勧めても無駄で、「トマト、トマト」を繰り返す。仕方なく一個与えると、口いっぱいに頬ばりながら、次々と十個あまりを平らげてしまった。

コーセイは少食なので、すぐに「ごちそうさま」をしてしまう。それに、友達が動き始めるのを見ると、もうじっとしておれなくなり、「ねえ、遊びにいっても良い」とママに尋ねる。「もう一つおにぎりを食べてから」と言われて、ふくれっ面をしながら、急いで飲み込んで駆けていった。

午後の部が始まり、またコーセイの出番がやってきた。年長組全員によるリレーである。組を赤、青、黄の三つに分けて競わせるようで、スタート地点では子ども達がそれぞれの色の帽子を被り、三列に並んでいる。そのなかに大人の男性が一人混じっている。どういうことだろうと見ていると、両足が不自由で、自力で立つのも容易ではなさそうな女の子を、支えているのだった。どうやらその子の父親のようである。

やがて、コーセイにバトンが来た。直前に走った子が大きくリードしてくれたおかげで、一位で駆けてくる。後ろの子が迫ってくるが、なんとかそのまま次の子へつなぐことができた。私のほうを見て指を一本突き出している。一位だったと言いたいのに違いない。得意になっているのが、その表情から読み取れた。

そのうちに、足の不自由な女の子の番になった。バトンをうまく受け取れなくて、父親が代わりに取ってその子に握らせた。それから走りだしたものの、父親が後ろから抱きかかえ、女の子はただ足をバタバタさせているだけである。私は、そこまで無理をして出なくてもいいのじゃないだろうか、もし転んで体に悪い影響が出たら、今後の生活にも差し支えるのではないかと考えていた。

その子も、懸命に体を動かそうとしているのだろうが、いかんせん自分ではどうすることもできないようだ。第二コーナーを回るとき、とうとうバトンを落としてしまった。父親は女の子を抱いたまま、かがんでバトンを拾い、また走りだした。そのとき「○○さん、頑張ってください」と場内アナウンスが入った。すると、「○○ちゃん、ガンバレ、ガンバレ」と、走り終えた子ども達からの声援がいっせいに起こった。それにつられるように、見ている人も拍手を送った。そんな中、何とかゴールしてバトンを渡し、次の子は勢いよく駆け出した。走り終えた後、女の子は満足そうに両手を挙げて万歳をしていた。父親も笑顔だった。

体にハンディキャップがあっても、皆と同じように参加するのが大事だというのは、私も観念としては知っているのだが、それを目の当たりにして、自分ではほとんど実践してきていないことに、忸怩たる思いであった。

子ども達は、この女の子を素直に受け入れ、「ガンバレ」の応援も自然にやっている。たかだか保育園の運動会と思って見に来ていたが、考えさせられる一日となった。

新しい古本屋

我が家の近くにあるその店は、看板らしいものが見当たらないので、当初何をしているのか分からなかった。建物は立方体をしていて、横壁は全面に薄い黄色、軒の部分は緑で横一直線に塗られている。正面の出入り口や、横壁の一部は大きな窓になっているが、ポスターやチラシが貼ってあって店の中はよく見えない。駐車場には車が何台もとまっていたり、夕方は自転車やバイクが多く見られたりして、人の出入りは結構あるようだった。

何の店かを確かめることもないまま、いつも素通りしていたが、ある日薄黄色の横壁に「ゲーム・DVDソフト、本、買います」と書かれているのに気が付いた。車で通り過ぎるときに見たもので、ゲームソフトや本を買い付けて、どこかに売ることを商売にしているのだとそのときはただ思っただけだった。

つい一月ほど前のこと、若い友人との話の中で、私が「今の辞典を引くと、現代の解釈で述べられているので、昔の言い回しが分からない。古い国語辞典が欲しいな」と言うと、「それだったら、◯◯書店がいいですよ」と即座に教えてくれた。続いて「でもそこは、高校生を中心に要らなくなった本を売り買いしているところだから、期待には添えないかも知れませんよ」と言う。話の内容からすると、それは新しいタイプの古本屋のようである。

それから何日か経って、教えられた古本屋へ行ってみた。店内は明るく、天井に届くほどの高さの本棚がいくつも並べられている。その分通路が少し狭くなっている。本棚には、本がびっしりと並べられていて圧迫感があり、普段通っている本屋さんとは勝手が違って、どこから見ていけば良いのか戸惑いを感じた。売り場の半分はCDやDVDが占めている。そのなかで、まず目に付いたのが「百五円」の大きな張り紙であった。少しくたびれたようなコミックや文庫本が、百五円の棚に並んでいる。

目的である国語辞典を探していくと、奥まった壁際にそのコーナーがあった。辞書は総じて分厚いので、なかなかの存在感を示している。置いてあるものは英語の辞書が多くて、その次に国語辞典と漢和辞典だった。どれも三、四年前に出版された比較的新しいもので、私の探している古いものではなかった。それでも僅かの期待を持って、何冊か手に取って見たが、古い言い回しを載せている辞書は一冊もなかった。やはり、高校生が不用になったものを持ち込んだような感じを受けた。辞書は真っ新に近いものが多くて、元の持ち主はほとんど利用せずとも済んだものと思われる。

そのなかに「ＮＨＫ言葉アクセント辞典」なるものがあった。これは、ＮＨＫのアナウンサーが発音のよりどころとする辞書である。ＮＨＫのアナウンサーが、これを手放すことは考えにくいので、朗読や読み聞かせを思い立った人が、アクセントの勉強を始めては見たものの、途中で挫折してしまったのだろう。我らが宮崎の地は、日本語アクセントの分布図では「無アクセント地帯」といって、一応の標準とされている「東京式アクセント」の地域から一番遠い存在なのである。宮崎生まれの持ち主にとってはさぞかし、手強い相手だったに違いない。

辞書の場所を離れ、キョロキョロするうちに、単行本の棚が見つかった。寄って行くと、作家別の五十音順に並べてある。しかし、本はぎっしりと隙間がなく、きつくて取り出しにくいし、背表紙のタイトル同士が近すぎて、見ていくのに目がとても疲れる。それで、斜め読みをしていったのだが、本棚の中ほどに、郷土のエッセイストが今年三月に出版した本が目に入った。A5版で三百ページを超えるものである。誕生して半年足らずのうちに、古本屋に並べられるとは不憫なことだ。是非私が読んでやらねばと購入することにした。値段を見ると定価の半額である。もう一冊欲しかった本を見つけたが、これも定価の半額だった。

別のコーナーを覗くと、絵本が置いてある。子どもが持ち込むはずはないだろうし、古本屋と絵本とが結びつかず、どうしてここに絵本があるのかすぐには理解できなかった。私が子どもに買い与えた絵本は、全部残しているし、それを孫にも読んでやったりしている。私は、絵本はいつまでも手元に置いて読むものという考えで、ここの絵本はぞんざいな扱いを受けているように思えてならなかった。

そのうち、店内放送があった。「三番の番号札でお待ちのお客様、検査が終わりましたのでカウンターまでおいでください」というものであった。何の検査が終わったのだろうと、本を二冊抱えてカウンターへ行くと、若い店員が「○○冊で、○○円になりました」とお金をお客に渡している。

古本屋にも、仕入れがなければ販売はないのは当たり前だが、古本の買い入れはひっそりと、人目に付かないところで行われるものであって、こうあからさまに直接的であるとは思ってもみなかった。

私には、数十年にわたって買い求めてきた本が、大分たまっている。妻からは、体力のあるうちに処分するようにと迫られている。この古本屋に持ち込むのも、一つの処分方法であると勉強になった。しかし、いつまでも手元に置いておきたい本ばかりである。手放すには、清水の舞台から飛び降りるくらいの覚悟が必要になる。果たして古本屋への持ち込みに踏み切れるかどうか、あまり自信はない。

ほりだしもの

かれこれ五十年も昔のことになるが、高校生だった時分に、古文書というものが世の中にあって、それを研究している人がいるらしいことを書道の授業で知った。先生が「古文書を研究している学者がいるが、崩し字が読めない人が多い。その点、我々書道をやっている者は、大抵の字を読むことができる」そういって書を学ぶことの大切さを教えられた。古文書とは、図書館の倉庫奥深くに収められ、時たま研究者によって読まれているものではないか、といったほどの考えしか持ち合わせていなかったが、授業の一環で古文書を古本屋で取り扱っているということを知ったのである。

古文書がどういう類のものかを知らないまま、古本屋へ行けば分かるだろうと、とにかく行ってみることにした。その頃宮崎には、私の知る限り古本屋はたった一軒しかなかった。古本屋は、なぜか普通の書店のようには入り口が大きく開いていなかった。間口二間ほどのその店は、四枚のガラス戸のうち、一枚が開けてあるだけである。ガラス戸には外の景色が鈍く映ってまるで曇りガラスのようで、なかの様子を窺うことができない。私には随分入りづらいものだった。

勇気を出して入ってみると、店の奥に店主らしき人が椅子に掛けている。客は私一人で、しんとしている。どんな本があるのだろうと見回すと、書棚にびっしりと並んでいるのは主に文庫本だった。古文書も置いてあったのかもしれないが、そんなものは目に入らず、店が薄暗かった所為もあって、何か場違いなところに来ているような気持ちになってきた。

私の想像する古本屋は、和綴じの古文書が積み重ねられた棚の前で、鹿つめらしい顔の大人が首をひねっているものであった。だが、とてもそんな場面を想像させる雰囲気ではなくて、私は自分一人しかいないことに耐えられなくなり、早々に店を飛び出した。たった一軒だけの古本屋は、私にとって、その名のとおりただ古い本を商っている店にしか思えなかった。その後何度か古本屋の前を通る機会はあったのだが、最初の印象があまりよくなかったので、入ることはないままだった。

高校から大学へかけては、本を読むのを楽しみとしていて、とにかく何でも片端から読んでやろうと思っていた。しかし、本を次々と買う余裕などなくて、もっぱら図書館を利用することが多かった。たまに買うのは岩波文庫の本で、星のマークが背表紙に付けてあり、星一つが五十円だった。岩波新書も買っていたが、その値段は覚えていない。私の本を買う基準は、同じ値段ならページ数の多い方を選ぶというもので、なるべく時間を掛けて読めるものを良としていた。読書をするというより、なんでもいいから活字を追っていくことができればよかったのである。

社会人となって、給料を貰うようになると、今度は単行本を買えるようになった。それも、あまり人の読んでいない初版本をねらって買っていた。職場の人たちとの付き合いや、自分の生活のこともあって、週に一冊ほどのペースだったが、自分のお金で買えることが無性に嬉しかったことを覚えている。

就職した翌年だったが、はじめて東京へ出張することになった。宮崎と違って東京には大規模な本屋がいくつもあると聞いていたので、その日の仕事が終わるとホテルに戻らずにそのまま書店探しに出掛けてみた。新宿の広くて賑やかな通りを、あちらこちらと迷いながらやっと丸善書店を見つけた。入ってみると、宮崎の書店の十倍はあろうかというフロアーがあって、勤め帰りらしい大勢の人たちが立ち読みをしている。人に酔ってしまいそうだった。一つのジャンルで一つの棚全部を占めており、まるで図書館である。階段にさそわれて二階へ行くと、そこは洋書ばかりが置いてあった。ぐるりと見渡したが読めそうな本など一冊もない。本と人の数に圧倒されて、そのまま店を出てしまった。

翌日は紀伊国屋新宿店に行ったが、前日同様何も買えなかった。なにしろ本屋がビルディングになっているなんて、平屋建ての本屋しかない宮崎から出てきたおのぼりさんには、田舎者にここは似合わないよと言われているようでならなかった。

それから数年たって、東京駅八重洲口に、地上四階地下二階の書店が出現した。東京の本屋にも少し慣れてきていたので、こちらにはすぐになじむことができた。当時の出張といえば、鉄道の利用がもっぱらだったので、仕事を終えたらすぐにこの八重洲ブックセンターに飛び込み、本を二、三冊買って夜行列車に乗り込むのが習慣になっていった。

時が経ち、東京出張にも慣れてくると、神田にある古本屋街にも行ってみようと思うようになった。ここは街中が古本屋で、ところどころに岩波書店や三省堂といった大出版社の高いビルが聳えている。この神田に来て、初めて古文書なるものが売られているのを目にすることができた。しかしそれは、低い棚に無造作に何冊も積まれているだけで、大事なものとか貴重なものとかいう感じは受けなかった。B5判ほどの大きさの和紙の本には、半紙を縦長に二センチくらいに切ったものが挟んであって、それに値段が書いてある。はっきりと覚えてはいないが、数千円から数万円の表示がしてあって、月給五万円の私には、おいそれと買えるものではなかった。

神田の古本屋といえども、古文書ばかりを売っているわけではない。数回訪ねるうちに私の手に届くようなものも相当あることが分かってきた。昭和五十五年ごろだったと思うが、ある書店で面白そうな本を見つけた。A5判くらいの大きさで箱に入っている。書名には「戦後風俗千夜一夜」としてあって、興味をそそるものである。手に取ると、昭和三十五年に発行されたもので、東京の「都新聞」の記者が昭和十一年から連載したコラムのうち、戦後の昭和二十年から昭和三十年までを本にまとめたものと分かった。パラパラとめくると、コラムの題名には、焼けトタン、行き倒れ、サッカリン、闇成金、復興クジとあって、当時の世情を思い起こさせる内容が多く詰まっているようだ。終戦の翌年に生まれた私には、終戦直後の生活実感はほとんどないのだが、私が成人する頃までの我が家の暮らしと、たいした違いはないような気がして、懐かしい思いで、すぐに購入を決めたのだった。

外箱はシミになっていて、きれいとはいえないが、中身の装丁はまだしっかりしている。出張帰りの列車の中で読んでいくと、淡々とつづられる文章に、庶民のつましい生活の様子が彷彿としてよみがえってくる。「地玉子」と題されたものには『お隣の奥さんが、親戚からめずらしいものを貰いましたから、ほんの一つお裾分けいたします、と小さなボール函へ入れて何やら持って来てくれました。さて、おうつりに何かないかしらと考えながら、ふと思い出したのがきのう叔母さんがわざわざもって来てくれた生みたての地玉子、これを五つ新聞紙に包んで、おうつりに入れて返しました。後で、お隣の奥さん、何をくれたのかしらと函をあけてみると、なんと地玉子が五つ』と載っている。文章のタッチは軽いが、登場する人物が生き生きとしていて、列車が宮崎へ到着する前に、ほとんど読んでしまっていた。

その後、この本は本棚の隅に置いたまま、読み返すこともなくなり、存在さえも忘れてしまっていた。本を買って五、六年経ったころのこと、テレビを見ていると、長年の妻の介護に疲れ果てた男が、妻を自分の手であやめる事件を起こしたというニュースが流れた。所謂老々介護の悲哀を伝えるものであった。アナウンサーがその男の名前と経歴を述べた途端、あっと息を呑んだ。以前神田の古本屋街で買ったあの本の著者だったのである。著者は明治三十年の生まれなので、事件のときは九十歳になっている。十数年にわたる妻の介護を一人で行い、体力の衰えが顕著になってきたことの不安から、自分が死んだら妻はどうなるだろうと思いあぐねた果ての行為であったらしい。あんなに軽妙で洒脱な文章を書いていた人でもこうなるのかと、寂しくなったのと同時に、もし自分がその立場になったら、同じようなことをしてしまうのではないかと、やるせない気持ちになった。

私は、自分が東京の神田に行って、偶然ではあるがその人の本を買っていることを家族に教えたいと考え、本棚からその本を探し出して「ほら、今のニュースに出ていた人の書いた本だよ」と見せたところ、妻は「あらー、かわいそうな人ね」と同情し、小学五年生になっていた長男は、「お父さん、その本高く売れるね」と感想を述べた。

先日の新聞に、配偶者が認知症になり介護が必要になったとき、自身で介護をしますかという問いに、夫の側は六割がすると答えていたのに、すると答えた妻は三割に満たないという調査結果が出ていた。もし、我が家でもこの通りだとすると、古書探しを楽しんでいる場合ではなくて、体を鍛えボケない工面をしなければならないと思ったことだった。

工芸まつり

今年もまた、「綾、工芸まつり」に出掛けた。毎年十一月には、「勤労感謝の日」をはさんで、三日ないしは四日間「綾、工芸まつり」が開催される。広大な森林を持つ綾町の文化を示すかのように、町内で製作された木工品を中心に展示販売が行われる。絹の織物に陶芸品やガラス工芸品なども出品され、見て回るだけでも楽しいイベントになっている。今年で三十一回目になるそうだが、用意された臨時駐車場も満車になるほどの盛況振りである。

会場には「てるはドーム」という名の体育館が当てられているが、これが普通の中学校で使われているものの四、五倍もの面積があり、屋根の高さも二十五、六メートルと偉容をなしている。初めてこの館で開催されることになったとき、その場所を綾町に住む知人に尋ねたところ、「綾町に入ったら、すぐに分かりますよ」と言って、まるで取り合ってくれなかったが、行ってみるとすぐに見つけることができ、なるほどと思った。

今年の目的は椅子を買うことである。一昨年のこと、本棚の前に置いて読書用にしようと、縦百センチ、横三十センチの小さな机二脚と椅子一脚を買ったのだが、机二つに椅子一つでは使い勝手が悪いので、昨年の工芸まつりの際に、同じ型の椅子を一脚作ってくれるよう依頼していたのである。

製作するのはある家具製作所の若い職人である。この職人は見習いを終えて、そろそろ独立しようかという時期にきていて、自分の製作した作品を店に並べることを親方から許されているということである。親方のように高級な木材は使えないらしいが、その分安価になっているので、私としてはこちらのほうがありがたい。まだ隅々の仕上げに行き届かないところがあって、磨き上げが足りずに、ざらざらしたままの箇所があったりするのが惜しいところではあるが。

私がこの店で応接家具を買うようになったのは、十年ほど前にデパートで開かれていた木工家具展示会で、妻が作品を見て気に入ってからのことである。家の新築を決めていたときで、どうしてもこのすわり心地の良い長椅子とテーブルを買いたい、自分のお金を出すからと言って購入することにしたものである。

そのころ私には、手に入れたいと思っていたソファーがあって、それは背もたれのない少し大きめのもので、大人がごろりと横になっても十分な広さがあるものだった。しかし、妻にどうしても展示会の作品を見るようにと連れてこられたときに、店の案内をしていたおかみさんに言われたのだった。「ソファーは、何十年もして壊れたりすると粗大ごみになってしまいますけど、こちらは骨董品になりますよ。それに、年寄りがソファーで粗相をしたら後始末が大変ですけど、これならさっと拭き取れて簡単ですよ」と説明され、なるほど自分がそうなったときに、周りに少しでも迷惑を掛けずに済むならこれでもいいかと心変わりしてしまったのだった。

我が家を新築し、家具を購入してからは、毎年の工芸まつりにその工房からの案内状が届くので、その店の展示コーナーに必ず顔を出すことになった。展示品を見ていると、あれこれ欲しくなってしまうのだが、これ以上我が家には置く場所と懐具合に余裕がないので、応接家具類は、ただ見るだけにしていた。そんななかで、小さな机と椅子を見つけ、読書用机を探していた私の思いと一致したのが、若い職人の手になる作品だったのである。

展示コーナーへ行くと、果たしてその椅子は出来上がっており、職人も私を待っていてくれた。早速座ってみると、形は同じだが微妙に座り心地が違う。「前の椅子より低いのじゃないの」と聞くと、「今度のは、二センチ低くしています」と言う。「二脚とも同じ高さのほうが良いので、持ってくるから切ってもらいたい」と言えば、「こちらから切りに行きますよ」と即答してくれた。「それでは、後日連絡をするのでよろしく」と言って椅子を引き取ろうとすると、「お車まで運びます」といって、梱包用のクッション材とともに椅子を肩に担いだ。それに値引きまでしてくれて、若いのにお客を大事にしようという心構えがすでにできているのだと思ったことだった。

椅子を車に積み込んだ帰り道、私はいつもの場所へと向かった。それは、町役場の南側にあって、石垣の塀、瓦屋根の付いた門を持ち、伝統的な剪定による松や槙の植栽された屋敷である。その屋敷近くには、きっちりと刈り込まれた竹の生垣もあり、何十年もその姿を変えずに続いてきたと思わせる風情を見せている。生垣の奥には、イチョウの大木があり、この時期、夕陽に輝いて見事な黄金色を放っている。秋の景色これに極まれりといっても過言ではないほどの風景を見ていると、何かしらほっとする気持ちがじわじわと湧いてくる。

しばし眺めたあとは、これもまたいつもの場所へと移動する。道路わきの開けた崖には日当たりのよいところに、黄色い芯に白い花びらの、ひなげしに似たヒメジョオン、半日陰の少し湿ったところに薄紫の細い花びらのノコンギクやヨメナなどが咲いている。毎年同じ場所に律儀に咲いてくれるものだと感心する。これらの野菊を摘んでいると、いよいよ秋も深まったという季節の移ろいを、自然に感じることができる。

「綾工芸まつり」は、もちろんたくさんの工芸品を目にし、たまにそれを求めるという楽しみがあって毎年通うのであるが、心の奥底には、和風の屋敷に黄金色のイチョウ、それに薄紫の野菊に会いたいという気持ちも、どこかにあるからかもしれない。

工芸まつりを主催する綾町は、木工業を売り物にした町興しをしながらも、照葉樹林の保存に力を入れているように、町内に人を呼び込む工夫をする一方で、石垣のある古い屋敷を残すなど、町の進むべき方向を開発行為のみに委ねていないところに、いつも感心させられている。

宝くじ

「あ、あれは」思わず心のうちでつぶやいていた。ある会合でのこと、コの字型に並べられたテーブル席に着くと、対面した席のテーブルにぶら下がった黄色い袋状のものが目に入った。あれは、ペットボトルを入れて持ち歩くための簡易な袋である。黄色地に、黒で小さな模様が全体にちりばめてあって、遠くからでもよく目立つようになっている。

その袋の持ち主である七十代と思しきご婦人は、別に隠しているという感じではなかったのだが、何しろ目立つ色彩なので、私にはすぐにそれと分かった。それは、宝くじを買った人におまけとして渡すものだったからである。その婦人は見た目にも裕福そうで、およそ宝くじなど買いそうにない雰囲気があり、第一おまけのような粗末なものを持ち歩くとも考えられず、私は何か見てはいけないものを見てしまったような気がした。

それが宝くじのおまけだとすぐに分かったのは、今も私が宝くじを買い続けているからである。買い始めたのは四十路になってからだが、その頃職場には宝くじに熱中する人が多くいたため自分でも買ってみようと考えたのだ。宝くじの一等を当てるのは、四十代の後半で、クジの数字が十枚続きの所謂「連番」と、十枚の番号がばらばらの「バラ」とをセットにして買っている男性に多いということを聞いていたので、四十代になったことでもあるしと、俄然買う気になったのである。

それが六十代になった今でも続いているのは、当たったことがないからだ。宝くじを買うといっても、年に三、四回発売されるジャンボ宝クジというのしか買わない所為もあるのだろうが、まったく当たらない。これまでに当てたのは三千円が最高額である。

妻には、そんなに当たらないのなら、お金ももったいないし、もうやめたらといわれているが、買わないでいるとひょっとしたら当たっていたかも知れないなどと妄想してしまうので、なかなか止められない。

先日、昔の職場での後輩に出会ったが、大学に通う子どもにお金が要るということで、以前は宝くじにでも当たれば楽になるし、自分も仕事を辞めていいかもしれないなどと考えていましたが、今は宝くじを買うお金さえもありませんと、彼は赤貧洗うがごとき状況を嘆いていた。考えてみれば、この二十数年間に宝くじに投じたお金を貯めていたら、少しまとまった額になっていたかもしれない。しかし、買わないでいるとなにか蚊帳の外に置かれているような気分になってしまう。その一方で、あるとき雑誌を読んでいると、「望んでも拝んでもだめ宝くじ」という川柳が載っていて、まさにそのとおりなので思わず笑ってしまったが、こんな言葉が目に入るようでは、そろそろ止めたほうがいい時期にきているのかも知れないと思ったことだった。

宝くじを買うのも、意外に体力と気力を必要とするものである。二十年ほど前のことだが、福岡市天神に、よく当たる宝くじ売り場というのがあって、そこには引きも切らずに人々が買いに来るということだった。ある年の年末ジャンボ宝くじが売り出されたとき、ちょうど福岡に来ていたので、この売り場なら一等とは言わずとも三等ぐらいは何とかなるのではないかと思い、その場所を訪ねたことがある。バスを降りてみると、売り場から老舗デパートの周りをぐるりと二、三百人の列ができていた。プラカードを持った男が、「最後尾はこちらです」と声をからしている。そんなに並んでまで買いたいとは思わなかったので、列に加わるのは止めることにした。その日は大安だったと後で気付いたが、十二月の北風が吹きぬける寒い通りを、辛抱して並んでいる人の宝くじに賭ける強い思いを見た気がしたものだ。

またあるときは、埼玉に住む次男に子どもが生まれてその子の誕生祝いに行った機会に、妻と二人で東京をあちこち見て回った。山手線の有楽町駅で降りて、銀座方面へブラブラ歩いていくと、宝くじを宣伝している人達に出会った。緑のハッピを着て五、六人でティッシュを配っている。公園のような広場にある特設された売り場の周りには、幟が何本も立てられ、宝くじを買い求める人の小さな列もできている。そうだ、東京で買うと当たる確率が高くなるかもしれないと考えてその列に並んだ。東京といえども、六月の晴天は太陽の光が強くなっている。上着を脱いでシャツの袖をまくったが、なかなか順番が回ってこない。妻は列に加わらず、日陰に入って涼しい顔をしている。やっと買い終えたときには、背中がじっとりと汗ばんでいた。

その後も、旅行先で求めたり、地元の売り場を替えて買ってみたりしたが、当たらないことに変わりは無い。私と宝くじの縁は、とうのむかしに切れてしまっているのであれば、本当に今が止める潮時かもしれない。それに、黄色いペットボトル入れを持ち歩いている人も、見かけることがなくなった。みなさん、宝くじを諦めてしまったのだろうか。

そう思っていたら、今年の年末ジャンボ宝くじは前後賞あわせて六億円だと新聞の広告に出ていた。これまでの二倍の額である。「どこか出掛けるの」という妻の声を背に、私は車のエンジンを掛けていた。

シャク

もう四十年もまえのことになるが、春の終わりか夏の初めのころ、結婚の挨拶に、日奈久に住む、妻の伯父の家を訪ねたことがある。家のすぐ前が漁港になっており、昔、海を埋め立てて船着場や漁師小屋を造ったので、地名も「埋立」と呼ばれている。伯父は和船の船大工で、戦後すぐまでは打たせ漁に使われる帆船を造っていたというが、訪ねたころには、木造船を新造する人はなく、専ら修繕をするばかりだという。

「海が荒れているから、今日は何もないよ」と伯母が出してくれたのが、茹でたてのシャコだった。「いつもだったら、活きの良い、いい魚を漁師さんが持って来てくれるんだけどねえ」と言いながら、直径五十センチ、深さ二十センチほどの竹笊に一杯のシャコを、無造作に私達の目の前にどさりと置いた。こんなにたくさんのシャコを見るのは初めてのことで、あまりの量に少したじろいだが、折角のもてなしなので、ありがたく頂くことにした。身が締まっていて、噛んでいくうちに、塩味がほんのりと感じられ、後を引くおいしさである。大きいものは二十センチもあり、肉厚で食べ応えがあった。笊からはまだ湯気が立っており、その湯気もおいしさを後押ししてくれていた。笊一杯のシャコは、私達二人では到底食べきれず、お礼を言って大半を余したことだった。

妻の話では、シャコを振る舞ってくれたこの伯母さんは、昔から気前の良い人で、妻が子どものとき、夏休みになると「遊びにおいで」と旅費まで出してくれていたということである。そんな話と、どっさりのシャコをご馳走してくれた、ふくよかな伯母の笑い顔とがあいまって、以来大のシャコ好きになった。

シャコの食べ方だが、カニのように足をもぎ甲羅をはずして身をせるという方法は取れない。また、イセエビに負けないトゲトゲを持っている。一番楽なのは、はさみで頭をはね、殻の外側の淵を切り取っていき、上の殻をはずして身を尻尾のほうから剝いていく方法である。しかし、このやり方では一匹ごとにはさみを使わなければならず、食べるのに興が削がれる。やはり、指がとげに刺されていたくてたまらないのだが、それを我慢して二匹、三匹と殻を剥いていくことにシャコを食べる醍醐味があるように思われる。

それから、二十年以上も経ったある日、普段はあまり立ち寄らない近所の小さな店に、シャコが置いてあるのを見たと、買い物から戻った妻が言う。「シャコを食べたかったら買ってくるよ」とそう言ってくれたのだが、「生きているのでないと、食べてもうまくないからいいよ」と答えると「まだ動いていたよ」との返事。「それなら、買ってきてくれ」と頼むと、再び出掛けて二十匹ほどの生きたシャコを買ってきた。

早速お湯をぐらぐら沸かし、多めに塩を利かせて、シャコを鍋に投げ込んだ。あまり時間をおかずにシャコを引き上げると、まだ熱々の殻を剥いて、かぶりついた。塩だけのシンプルな味付けだが、これがうまい。日本酒のお供にぴったりのものである。しかし、早く食べてしまわないと、冷めたら甘味が薄れてしまう。そのうえ、剥いている指が痛くてたまらない。

痛む指を舐めながら、酒を飲みつつシャコの殻を剥いて食べるのは忙しい限りだが、うまいものを食べて満ち足りた気分になる。子ども達にも食べるよう勧めるのだが、見た目がグロテスクだからか殻を剝くのが面倒だからか、三人の誰も手を出さない。妻もエビ・カニの類は苦手なので、結局一人で平らげてしまった。

シャコは握りずしによく使われるが、冷えているので甘味が感じられないし、身が縮まって弾力がなくなってしまう。見た目も紫がかった色で、おいしそうには見えない。茹でたてのシャコを食べたことのない人は、是非一度経験されることをお勧めする。

一昨年の七月のことだが、福岡へ行く途中に八代市の妻の姉夫婦を訪ねた。夜になると、ご馳走をするからと、車で二十分ほどの和食の店に連れて行かれた。八代は海の幸が豊富なことで知られているとおり、料理屋では新鮮な魚料理が楽しめるところである。その日も、タイやカレイなど数種類の刺身に酢の物、煮魚などがお膳に出たが、目を引いたのが、皿をはみ出さんばかりの二十センチはあろうかというシャコの天麩羅だった。

一口食べると、カリッと揚がっていて香ばしい。身もぷりぷりしていて歯ごたえがある。「このシャコはかみごたえがあるね。こんなに大きなシャコは初めてだよ」と言うと、義兄が「これはシャコじゃなくてシャクじゃないかな」と答えた。一瞬何を言われているのか分からなかった。義兄は「シャコとシャクは似てるけど別物だよ」と続ける。私は混乱してきた。これまでシャコは食べてきたが、シャクなんてものは聞いたこともない。私が戸惑っていると、義兄は説明をさせるからと仲居さんに部屋に来てくれるように呼び鈴を押した。

すぐに仲居さんは来たが、私は彼女を前に「シャクというのはこの地方で呼び習わしている名前であって、本当はシャコというんでしょう」と、自分の考えの正当性を主張した。「いいえ、これはシャクで、シャコとは違います」と仲居さんは澄まして答える。

「では、シャコを食べたいので天麩羅にしてください」と注文したが、今日は仕入れていないので料理できないと言う。シャコとシャクを並べてみれば分かることだと思ったのだが、実物がなければ仕方がない。それにしても、形はそっくりにしか見えないので、どうも腑に落ちない。義兄は、「今度来たときにシャコも出してもらえばいいよ」と慰めてくれたが、納得できない私は、次に来るときには、シャクとシャコを食べ比べてみるからと仲居さんに約束して店を出た。

次の年も八代を訪れたが、午後からは近来まれに見る大雨となり、彼の料理屋に出掛けることはかなわなかった。だから、残念ながら、今もってシャコとシャクの区別が付かずにいるままである。しかし、いつかその区別が分かったとしても、私はやっぱりシャコを贔屓にしたい気持ちなのである。

お受験

師走も一週間を過ぎた頃のこと、「お父さんはお仕事に行ったよ」と五歳になる孫が答えたので、どうしたのだろうと戸惑ってしまった。日曜日なのに朝早く出かけて行った長男の行き先を「パパはどこに行ったのだ」と問うたところ、こんな返事だったのである。

つい先日まで、「パパ」・「ママ」と呼んでいたのにと、妻に「コーセイはパパでなくてお父さんと言ってたけど、なんでだろうね」と聞くと、「私もどうしたのと、コーちゃんに聞いてみたけど、どうも親が言わせているらしいのよ」と言う。

コーセイの母親がやってきたので尋ねたところ、宮崎大学の附属小学校を受験させることにしたが、面接のときにパパ・ママと発言する子どもは、採用に不利になると聞いたので、印象を良くするためにそう言わせているのだという。

コーセイは地元の小学校にいくものとばかり思っていたので、三月になったら通学する予定の道路を一緒に歩いて、横断歩道の渡り方や危険な箇所などを教えてやらなくてはと考えていたのに、附属小学校を受験させるとは意外なことだった

そもそもコーセイの父親、つまり私の長男は保育所の年長組だったとき、附属幼稚園の教諭をしていた知人から、附属小学校を受験するよう勧められたのだが、「僕はお友達と同じ学校が良い」と即座に断ったのだった。そして、丁度その年に開校することになった地元の小学校に、一回目の一年生として入学したのである。

長男は、附属小学校と地元の小学校とどちらがよかったのかなど、考えることもなく六年生になった。その年の十二月中旬だったと思うが、私は地域の子ども育成会の役員をしていて、学校全体の役員会に出席したときのこと、市内の中学校が荒れて暴力沙汰さえ起こっている、これを何とか是正したいということが議題にあがった。その対策の一環として、小学生を持つ親も、しっかりとわが子を見つめ、周囲と協調していく子どもに育てようと決議された。

一方ＰＴＡでも、母親だけに子育てを任せず、男親も子育てに参加させることが肝

要だと、周辺の五つの小中学校が連携して「親父の会」を立ち上げ、現状の分析や情報のやり取りをしながら、子ども達をよりよい方向へ導いていこうということになった。

その一月後に、私は「ＰＴＡ役員選考委員会委員」に推薦された。委員の仕事は、学校へ行って適当な候補者名を掲げ、その人に対してＰＴＡ担当の先生から役員就任を要請してもらうという割と簡単な仕事だと思っていたのだが、実際は役員になってくれそうな人を自ら掘り起こして説得をしていくという、厄介な仕事であった。学校は開校から六年目で、役員選考のルール作りなど確立されておらず、何でも手探りでやっているのだった。

私達委員七名は委員長であるＰＴＡ会長の家に午後七時に集合し、目星をつけた人の自宅へ自転車で押しかけては、役員になるよう促し、成果がなければ次の人にあたるという作業を繰り返した。勿論すんなり決まるはずはなく、夜毎残念会と称する飲み会を繰り返すばかりだった。

「どうしても決まらないときには、選考委員の中から出すようになっているのでよろしく」と委員長に脅されて、寒い冬空の下、私達はようやく十日ほど掛かって役員を決めることができた。その打ち上げの席で、委員長が私に、「小学校の役員は何とか決まったが、中学校がまだ決まらないらしい。あんたに会長をやってもらいたいと、向こうで期待してるんだが」と打診してきた。

その当時私は、年度末の三月は残業続きで土曜も日曜もない状態だったし、四月も忙しくて学校に出掛けることなどとてもできそうもないことだったので、事情を話してお断りしたのだった。それに、中学校は荒れているし、親父の会の活動にも関与させられそうな気配だったので、なるべくならそういったものと関わらずにいたいという思いもあったのである。

地元の子ども育成会の役員会でも、そんなことが話題になり、自分の子どもを巻き込ませないためには私立の学校へ遣るしかないという話も出るようになった。私立だとお金はどのくらい要るんだろうね、などと具体的な話も出るくらい六年生の親は真剣だった。

私には私立にやる余裕がなかったので、どうしようかと思っていたときに浮かんだのが、宮崎大学の附属中学校を受験させることだった。受かるかどうか分からないが、親として面倒なことから逃れたいという思いが強くあった。運よく長男は合格した。これで長男は落ち着いた環境に身をおくことができるだろうし、私は煩わしさに巻き込まれずに済むと思ってほっとしたものである。

孫の受験が終わった後、長男夫婦と話をしていたら、小学校での学級崩壊が進んでいるという話題になった。それも、地元の小学校を含めた多くの学校で、授業中に歩き回ったりする子どもがいて、ほとんど授業にならないというのである。そんな出来事は、テレビの報道などで知ってはいたが、どこか遠いところで起きていることであって、まさか身近にまで迫った問題であるとは考えもしなかった。

どうも長男夫婦としては、学級崩壊の起きている学校を避けたい考えがあったようだ。これでは、私が長男を緊急避難的に附属中学校へやったのと同じではないか。三十年の時を経て、我が家の歴史は繰り返されたのである。教育を巡る社会環境は滞ったままなのかもしれない。教育をよくしようという声は、随分上がっているように思うのだが、効果が上がってきていないのだろうか。私には難しすぎてどうすれば良いのかよく分からない。そのうち、優秀な頭脳を持った人が現れて、解決策を出してくれるのではないかと期待するばかりである。

孫は運よく附属小学校に合格することができた。次の日曜日、朝早くコーセイが遊びに来たので、「今日は、お父さんは、仕事に行ったのか」と聞くと、「ううん、パパはお家でテレビを見てるよ」と答えた。

サイン会

今年で三年になるが、市立図書館で、月に一度二、三歳の子どもに、絵本の読み聞かせのボランティアをしている。私の担当は第三土曜日である。毎回、子どもが何人集まるのかは、まったく分からないのだが、平均すると十五、六人といったところである。

相手が二、三歳というのは、対象を限定しているのではなくて、それぐらいの子どもしか集まらないからである。四、五歳になると、自分で読めるようになるので、わざわざ図書館まで行くことはないと考えているのかどうか確かめたことはないが、ほとんど来ない。

二、三歳の子どもだと、一冊の本で三分以内に読み終えるものでないと、飽きてしまう。昔話とか童話の類は長いものが多いので、ほとんど読むことはない。大抵は物語性の少ない単純な筋立ての、絵を中心に見せていくようなものになっていく。

私は、読み聞かせには手持ちの絵本を使うことにしている。図書館で行う読み聞かせなので、その蔵書を使えばいいわけだが、読む本を事前に選ぶのに、いちいち図書館まで出掛けなくてはならないし、決めていた本が貸し出しに遭わないとも限らない。それに、家で読む練習もしておきたいからである。

月に一度ではあるが、毎回二、三冊の絵本を読んでいるし、参加者の年齢やその場の雰囲気によっては別の本に換える必要も出てくるので、いつも五、六冊の絵本を用意している。また、聞きにくる人たちの半分ほどは常連なので、一度読んだ絵本は一年以上読まないことにしている。だから、常に書店をのぞいて、これまで読んだことのないような本を探すことにしている。

一昨年の十月のこと、宮崎駅前に宮崎の物産を売る店などが入る施設が完成した。開所記念のイベントとして絵本展が開かれ、関連して絵本作家の講演やボランティアによる読み聞かせなどが行われると知り、普段手に入りにくい絵本も出品されるだろうと期待して出掛けていった。会場はさぞかし多くの人でごった返すだろうと、少し早めに入場したのだが、思ったほどではない。聞けば、午前十時の施設自体の開所式が終わった後に絵本展を開場するということで、集まっているのは式典の関係者ばかりだった。仕方なくしばらく待っていると式が始まり、次々と壇上に出てくる来賓の面白くもない挨拶を延々と聞かされたのには、うんざりした。

絵本展会場には、二十坪ほどの部屋が用意され、書架に数千冊の本が並べられていた。早速見て回ると、数は多いのだが欲しいと思う本は意外に少なく、大半は過去に読んだことがあるか既に持っているものである。折角の絵本展なのにと思いながら、結局一冊も買わずに出ようとしたら、部屋の一角に、午後から絵本作家によるサイン会があるという表示が目に入った。

そのとき、なぜだか分からないがサインを貰いたいという思いが無性に湧き上がってきた。「サトシン」というペンネームの作家である。この作家の本なら数冊持っている。本来ならこの場で買った本にサインをするということだろうが、以前買ったものであっても、この場で買ったことにしてしまえば良いだろうと勝手に決めて、急いで家に帰った。

昼食を済ませると、すぐに「サトシン」作の絵本三冊をバッグに入れ、会場に向かった。サイン会はすぐに始まるものと思っていたら、講演が終わってからという。何しろサイン会なるものには、これまで一度も経験がないので、どのように行われるのか見当もつかない。講演があるのなら、それも聞いてやろうと指定された部屋に行ってみた。既に五、六十人が椅子に掛けている。ほとんどが幼稚園に通うくらいの子どもと、その親達のようだった。

初めて見る「サトシン」さんは、小柄だが、がっしりした体格で、丸い顔に眼鏡を掛けていた。話し始めると、スピーカーも割れんばかりの野太い声が部屋中に響く。絵本作家は何となく優しくて、なよとした感じではないかと、これまで抱いてきたイメージは見事に覆されてしまった。大声で喋り、音楽に乗せて、だみ声で自作の歌まで披露する。私は、講演が終了する頃にはすっかり疲れてしまった。

それでも気を取り直し、サイン会の列に並んだ。前から五番目の、早い順番の位置である。ところが、作家がやってきてサイン会が始まると、後から来た人が次々と私より前の方に案内されていく。たまりかねて係りの人に、「こちらは並んで待っているのに、どうして割り込ませるのだ」と抗議すると、整理券を持った人が対象で、持たない人は飛び入りということになるので、整理券所持者が終わるまで待ってもらうという。どうやら、私が昼食を食べに家に戻っているときに、整理券が配られていたらしい。

サイン会は、作家が相手の名前を聞いて、本の表表紙の裏側に「○○さんへ」として、自分の似顔絵とサインを書く、握手をして一緒に写真に納まるという作業を繰り返すものだった。整理券を持った人は、延々と続いて途切れる様子も見せない。持たない者たちは、ただ呆然と立ち尽くすのみ。足や腰がだるくなり、たった三冊しか入っていないバッグも重くなってきた。

サインを貰った人たちは、皆一様に笑みを浮かべ、本を大事そうに抱えていく。もう見切りをつけて、家に帰ってしまおうかとも考えたが、これまで辛抱して並んでいたことをふいにするのも癪に障る。一時間半以上過ぎて、やっと我々の整理券を持たない方の列が動き始めた。私の番になって、お願いしますと持参した絵本を差し出すと、「サトシン」さんに「読み聞かせか何かやってますか」と聞かれた。やっていると答えると、「そうでしょうね」と返ってきた。なにを根拠にそう言われたのか、とっさには分からなかったが、考えてみれば、サイン会の列に並んでいたのは女性と小さな子どもが大半なので、そんな中に並ぶ爺さんは、きっと風変わりなやつだと思って聞いてみたのに違いない。

似顔絵つきのサインはとても愛嬌があって面白く、長く待たされたことも忘れてしまうほどだった。楽しさ一杯で家に戻ると早速妻に見せて自慢した。妻も「うんこ」という絵本に書かれた、くさい臭いに鼻をつまむ作家の顔の絵を見て笑ってくれたが、「よかったね」の一言のみで、期待したほど喜んではくれなかった。

それより、私が自慢したかったのは、読み聞かせをしている仲間へである。その仲間は普段から図書館の本を利用して読んでいるため、サインの入った本など持っていないはずである。そこに、私がサイン入りの本を持ち込めば、きっとうらやましがるだろうと、担当の日が楽しみだった。

そして、その日はやって来た。今日はそれぞれ何を読むかと話し合いを始めたときに、「実は先日この本にサインを貰ってきたので、この本を読むことにするよ」と切り出した。「ほら、二時間近くも並んだ末に、やっと貰ったサインだよ」とその本を披露した。だが、「ああ、そういえば絵本展をやってましたね、用事で行けませんでした」と軽くかわされてサイン会での感想を聞かれることもなかった。何のことはない、初めて貰ったサインに浮かれて、私一人だけが騒いでいたにすぎなかったのだ。

葬儀ができない

昨年の十月頃だったと思うが、ＮＨＫのテレビで、葬儀が一週間から十日も挙げられない現実があるという番組をやっていた。なんでも、斎場が混んでいて火葬の順番待ちをしなければならず、葬儀がすぐには行えない状態であるらしい。どうしてそんなことになるのか、理解できないまま番組を見続けていると、亡くなる人に対応できるだけの斎場の新設や増設が思うに任せぬことがその原因であると報じている。つまり、以前より亡くなる人が多くなってきたというのである。

思いもよらないことだった。長寿社会となり、昨年百歳人口が五万人を超えたと聞いていたので、高齢者が増える分、亡くなる人が少なくなっているような印象を持っていたのに、そうではなかったのだ。大量に人が亡くなるのは、人口の多い、所謂団塊の世代から始まるものとばかり思っていたのに、どういうことなのだろう。世界に冠たる長寿国日本の大量死というのがなんとも不思議である。

亡くなる人が増えると斎場が多く必要になるのは道理である。しかし、斎場などの施設は一般には迷惑施設といわれ、自分の身近にはあってほしくないものとされている。NHKの番組でも、自治体で斎場建設の候補地になると、必ずといっていいくらい反対運動が起こると報じていた。

今や、土葬は例外的となり、ほぼ百パーセントが火葬であって、しかも誰でも最後は斎場のお世話になるというのに、建設されたら地域がマイナスのイメージを持たれるとか、あるいは、土地の評価が下がって財産価値が低くなるのが嫌であるとか、いろいろと理屈をつけて反対をするということである。宮崎の斎場も、昭和四十年ごろに今の場所に移ってきたのだが、それから二十年経って周辺の山が開拓され、宅地化が進むようになってくると、人目に付いて印象が悪いからと、煙突が半分に切られた経緯がある。

たしかに、火葬をする場所というのは陰鬱な気持ちがつきまとう。私が高校生の頃だから、もう五十年も前のことだが、同級生が亡くなり、その葬儀で斎場までいったとき、まだ薪を使っていて、山と積まれた薪を見て、これで焼くのかと、驚いたことを覚えている。

いまどき、薪を焚くから建設に反対というわけではないだろうが、必要性は認めながらも自分達の地域は困るという気持ちが強いのだと思う。しかし、嫌悪感はあるにしても、施設を作ることに反対ばかりしていては、結局自分の身にも降りかかってくることなので、なんとか穏やかに解決してもらいたいものである。

五年前になるが、妻の兄が亡くなり、名古屋市での葬儀に行ったことがある。そのとき葬儀社の社員に言われたのは、名古屋市の斎場はかなり離れた場所にある。そこに市内全域から火葬のために集まってくるので、相当な混雑となる。斎場の係りの案内に従ってスムーズに祭礼を終えてほしいということだった。

名古屋市の斎場は、人口が二百二十万人であるにも関わらず、一箇所しか建設されていない。街中からはるかに離れた山のなかに、五十分以上も車で走り続けてやっと見えてきた。私達の車が斎場に近づくにつれて、四方八方から続々と霊柩車やバスが集まってきて道路を埋め、同じ方向を目指していく。

着いてみると、大規模な駐車場があって、常時五、六十台のバスや自動車がひっきりなしに出入りをしている。私達もすぐに斎場の係りの人に、火葬する炉の前に案内された。炉は五十基以上もあり、仕切りのない直線の空間に寒々と並んでいる。係りに火葬許可証を求められ、骨揚げまでのおおよその時間を告げられた。呼び出しがあるまで控え室で待つようにと説明があった後、すぐに炉に点火され、悲しみにくれる暇さえ与えられないほどの展開で事務的に処理されていく。

宮崎だと、斎場からいったん家なり葬儀場に戻って、その後肉親で骨揚げにいくのだが、ここでは場所が離れているからか、二、三百人も収容できる控え室で待っていなければならなかった。そこには、お茶やお菓子が必要なら自動販売機を利用するようになっていて、焼き上がりの場内アナウンスがあるまで待機するのである。大勢の見知らぬ人たちが、椅子に掛けたり、歩き回ったり、携帯電話で話したりしながらひたすら待っている。やがて呼び出しのあった人たちは、ぞろぞろと炉に向かう。まるでベルトコンベアーに乗せられた工業製品よろしく、次々と処理されていくその光景に、大都市での大量死を扱う様を実感したことだった。

今年の一月に、近所の人が亡くなったという連絡が回覧された。自治会の同じ班であり昔からお付き合いのある人なので、葬儀に参列しようと回覧を見ると、近くの葬儀場ではなく隣町の清武町で行うとしてある。どうして離れた場所を選んだのだろうと思いながら出掛けていった。通夜式が終わり帰ろうとしていたら、遺族の一人に呼び止められ、「遠いところまで来てもらってすみませんね。近くの葬儀場は全部詰まっていて、やっと無理を言ってここに決めることができたんですよ」と言われた。

この言葉を聞いた途端、空いている葬儀場がなかったのは、たまたまのことであったのかも知れないが、私たちの身の周りにも、大量死は押し寄せているのではないかと強く感じさせられたのだった。

置き換え

四十年ほど前だったと思うが、身体に障害を負った人に対して、差別的な表現を止めようという運動が起こった。文字による表現はもとより、ラジオやテレビでも差別的な言葉は使わないということになった。それは、身体的にハンディキャップのある人に対して、それまでの苦痛を与えると思われる言い表しかたを改めて、思いやりの気持ちを持つようにしようということだった。

以来、障害を持つ人には、「○○の不自由な方」という表現をすることが多くなった。そしてこれは冗談だが、「盲蛇に怖じず」という諺は、「目の不自由な方は、蛇に物怖じしない」という風に置き換えをしなくてはならないとまで言われるようになった。

なるほど、障害を持つ人にとって、その障害の特徴をずばりと指し示される言葉は、とてもつらいことに違いない。そのため、それを回避する手段として、言葉の置き換えが行われるようになったのである。

当初は戸惑いを見せる人たちが少なくなかった。何しろそれまで普通に使ってきた言葉を置き換えることなど、考えてもみなかったからであろう。一般の市民にとっては、面倒ならば喋らないで済ますことができるが、言葉を生業としてきた人にとっては、死活問題とも思われるものだった。その最たるものが噺家で、そもそも落語というものは、生活力の無い者や、頭の回転が少し遅い者の仕草などをあげつらうことで、笑いを誘ってきた芸だからである。落語に出てくる代表的な人物像は与太郎であるが、与太郎とは、成人しても親に面倒を見てもらい、世間の人への挨拶もろくろくできず、従って建前で喋ることはせずに、すべて本音で話すために本人の自覚が乏しいまま、日常生活上摩擦を起こしているという人物である。落語では、この与太郎をけなしたり罵倒したりして聴衆を笑わせてきた経緯があるだけに、ふとした拍子に言葉が口をついて出てきてしまって、とてもやりにくいとテレビなどで語っていたのを聞いたことがある。

また、小説家などの文筆業の人たちも、勝手が悪かったに違いない。SF作家の小松左京は、「俺のことを、デブ、デブという奴がいるが、腹回りの不自由な方と言え」と言って、暗に言葉の制限を批判したりしていた。

置き換えを進めることで、これまで差別を受けてきた人に表面上は不快な気持ちを和らげることになったかもしれない。しかし、置き換えたその言葉も、元の意味を持たせて使われるとすれば、かえって陰湿になってしまうのではないかと思ってしまう。

私の弟が小学生だった五十年近くも前のこと、近所に弟の同級生で石川君という子が住んでいた。二人は犬猿の仲で、何かといがみ合っていて、弟は彼のことを「五右衛門」と呼んでいた。もちろん大泥棒の石川五右衛門をもじったものである。

ところが彼は、この「五右衛門」がいたくお気に召さないようで、彼の母親を通じて、私に「五右衛門」と言わせないで欲しいという申し入れがあった。私は弟より十歳年上なので、少しは分別があると思われたのだろう。私はそのまま弟に、今後五右衛門とは呼ばないようにと申し渡した。すると弟は、五右衛門を止めて「四右衛門」と言い始めた。石川五右衛門ではないという言い逃れである。そこで、五右衛門でも四右衛門でも、とにかく口に出してはだめだと言い聞かせた。

ある日、私と弟が歩いているところに、彼が自転車で通りかかった。それを見た弟は、口をへの字に曲げたまま、五本の指を一杯に広げて彼に突きつけた。彼にはその意味が分かったらしく、悔しそうに顔をゆがめて走り去った。弟は私をさえぎって、「僕は言葉で言っていないからね」と釈明した。この悪知恵はどこから湧いてくるのか分からないが、小学生でもいろいろ考えるものだと呆れてしまい、叱ろうとした気持ちも失せてしまった。

幾日か経って、弟に「もうあんなことは、やっていないだろうな」と尋ねたら、「うん、もうやってないよ。今はこうだから」と指を四本出して見せた。つまり「四右衛門」の意味だから、「五右衛門」ではないという言い訳である。

それからのち、弟が彼に対してどんな態度をとったかは、まったく覚えていない。私も社会人となって、弟と遊ぶことがほとんどなくなったからである。だから、「五右衛門」という言葉を聞くこともなくなった。いがみ合っていたその後のことも知らないままである。おそらく関心事が別のところに移ってしまって、「五右衛門」などどうでもよくなってしまったのではないのかと思っている。

長じて弟は小学校の教員になったが、子ども同士のトラブルが発生したときに、どのように捌いていたのだろうか。自分が小学生だったときに、「五右衛門」と同級生をあざけるように言っていたこと、それを咎められたことを思い出すことがあったのだろうか。弟も定年に近い年齢になり、昔のことを覚えているかどうか分からないが、ちょっとだけ聞いてみたい気もしている。

体罰

昨年の秋から今年の春に掛けて、学校や社会人のスポーツ選手を巡る体罰問題がかまびすしい。これは、大阪市立の高校でバスケット部の選手が自殺したことが契機となっている。報道によれば、この選手は、監督の思うような動きをしないからという理由で、試合の途中というのに、自校の部員はもとより相手校の選手や観衆のいる面前で、監督に顔を平手で数回殴られ、さらに罵声を浴びせられたというのである。それ以前にも、平手で殴られることなど日常となっており、責められたことを苦にして自殺したものであるらしい。

スポーツは何のために行うのか。言うまでもなく自分の楽しみのためである。楽しみのためであるからこそ、技術の向上には努力を惜しまないのである。そしてほとんどのスポーツには対戦相手がいる。当然技量を競うことになり、技量で相手を上回ると勝利を得る場合が多い。負けた方は悔しいので、これまで以上に練習に工夫を凝らすようになる。そうやって技術のレベルを上げていくものであって、そこに体罰の出番はないのである。

彼の大阪市立高校は、バスケットの強豪校であったために、勝つことを求められていたと新聞などで報じていたが、勝つことを求められるとはどういう意味なのだろうか。試合があれば勝つに越したことはない。勝てばとても良い気分になる。良い気分に浸ることを求められたのだろうか。勝負は時の運とも言われている。求められても、いつも勝てるとは限らない。ある時期その学校に強いチームが出現しても、それが何十年も続いてきた例はほとんどないし、もし持続したいならば、国内でトップの選手を絶えず補給しない限りそんなことは無理に決まっている。だから、市立高校はそんなナンセンスなことを、体罰を課してまで貫こうとした乱暴な学校である。まして、自殺者まで出したとあっては、言語道断としか言いようがない。

事件後の報道には理解に苦しむことも起こった。それは大阪市長の発言である。市長は、こんなとんでもない教師がいることが実にけしからんことだと、テレビのインタビューで怒って見せたが、これは間違っている。先ずは自殺した高校生及びその家族に謝罪すべきである。市の行政の最高責任者である市長は、不祥事を起こした教員を任用しており、その任用責任から市民にもお詫びをして、その後に教員に対して何らかの処分をするという段階を踏むべきである。ただ個人的に腹を立てている様子を見せるだけのこんな市長だから、こんな教師が出たのだと思われても仕方のないような発言だった。

体罰は殴る蹴るなどの行為を指すのだが、言葉によっても体罰に近いダメージを受けることがある。二十年も前のことだが、職員のレクレーションとして、職場対抗のソフトボール大会が開かれた。試合中相手方の選手がエラーをして、我々にチャンスが巡ってきた。そのとき、相手チームの一人が大きな声で「そんな球ぐらい、捕ってやれよ」と叫んだ。「捕ってやれよ」とは何とも無茶な言いようである。だれも自らエラーをしようと思うものはいないのだ。きちんと捕ろうとしても、できないときがあるのが人間である。エラーした本人は、小さくなっていた。たかだか職場内のレクレーションなのだから、おおらかな気持ちで見てやるべきである。体罰で指導を受けて育つと、無遠慮な言葉を浴びせるようになるのかと、余計なことまで考えてしまったのだった。

最近のことだが、ＡＫＢ48というアイドルグループの一人が、髪を切って丸刈りになり、その写真をインターネット上に発表するという出来事があった。有名人が不祥事を起こし、世間に詫びるために頭を丸めるというのは時々テレビで見たりするが、それは男がやるものという認識がある。ところがこのアイドルは、十九歳の女の子なのである。アイドルグループの禁を犯して恋愛し、それが発覚して問題となったことが原因であるということだ。このことは、インターネットを通じて世界四十箇国にも広まり、日本式の謝罪の仕方として、奇異の目で見られているらしい。本人は、非難の声が大きくならないうちにと、先手を取って謝ってしまおうとの行動であろうが、私にはこれが体罰の変形に思えてならない。

若い女の子が丸刈りになってお詫びをすれば、世間からは可哀そうだと同情され、もうそれ以上不祥事を責めることにはならないだろうと踏んだに違いない。つまり、どっちみち罰を受けるだろうから、自らに体罰を課すことによって、悲劇の主人公に転換してしまおうというしたたかな考えもあったと思われる。そこには、問題を起こす有名人には容赦なくバッシングする風潮が、大きく影響しているのだと考えている。

第二部　マツボックリ

――二〇一三年四月～二〇一四年三月

知らなかった。というより、知らされることがなかったというべきであろう。昨年のロンドンオリンピックに出場した日本柔道女子チームの監督が、選手に体罰を加えていたというのである。オリンピック代表に選ばれるくらいの選手だから、国内はもとより世界でも超一流に違いない。なかでも金メダルを取った選手は文字通り世界一である。そんな実力を備えた選手達に体罰とは、どう考えても腑に落ちない話である。

オリンピックに出場しただけで、それでおしまいという選手もいるだろうが、大半はすぐに次の大会目指して練習を開始すると宣言している。そんな時期に、女子柔道の代表だった十五人の選手が連名で、今の監督コーチの下では代表としての練習などできないと表明した。すぐに、世界各国にある柔道連盟からも、日本が、指導にあたって体罰を許容しているという批判が続々と寄せられ、日本柔道チームの監督、コーチは全員辞任することとなった。世界へ柔道を普及させた日本の誇りを、自ら放棄したに等しい一連の出来事であった。

「日の丸を背負う」という言葉がある。日本を代表する選手として、この言葉を重荷に感じる場合もあるだろうが、反面究極の精神の高まりを持ち、いっそう練習に励むことにもなるだろう。私達一般の市民は単純に「がんばって金メダルを」と応援するだけだが、監督、コーチは金メダルを取れるよう、いろいろな手段を講じて指導するだろう。その結果、選手が見事頂上を極めても、それは、すべて努力した個人の名誉であって、監督、コーチ、ましてや国に帰属するものではない。体罰を課すということは、指導者が自身の名誉を得たいためにやるようなものといえるだろう。

かつては、オリンピックを国威発揚の場であるとして、一部の国では、国が選手の生活すべてを丸抱えにし、練習に専念させるというころがあった。今と違って、アマチュアの選手ばかり参加する大会にあって、「ステート・アマ」と呼ばれ、たくさんのメダルを獲得したものだった。しかし、ソ連を旗頭とする社会主義国家体制が崩れて、ステートアマが姿を消したのに、世界各国はそれまで以上に自国の選手強化に力を入れ始めた。「オリンピックは勝つことではなく、参加することに意義がある」とした近代オリンピックの父クーベルタン男爵の理想はついえてしまったかのようである。そして、プロの選手でもオリンピックに出場できるようになると、企業をスポンサーとする個人のプロ選手が続々と生まれ、国も多額の選手強化費用を支給するようになり、監督コーチもその費用で賄われ、プロの指導者とも言える人たちが出現したのである。

こうなると、選手はもはや個人としては軽んぜられ、国のために勝つことを要請されていくのである。そのため、コーチも個人の尊重よりもまず試合に勝つことを優先するあまり、体罰を課してでも強くしようとしていくのではないか。

あれは、東京オリンピックを四年後に控えたときだったが、西ドイツからデットマール・クラマーという人が、コーチとして日本に招かれた。日本サッカーをレベルアップするためである。一年十箇月しか滞在しなかったのに、卓抜な実技指導で日本チームは東京オリンピックでベストエイト、次のメキシコでは銅メダルを獲得したのである。

西ドイツへ帰国するにあたって、長沼健氏を監督に、岡野俊一郎氏をコーチにと、まだ三十代だった両氏を指導者に抜擢したのも、新しいコーチ術を伝えたいという思いからではなかったのだろうか。後年長沼健氏から、当時を振り返る講演を聴いたことがある。クラマー氏のコーチ術は、勿論体罰など使いはしない。まず、基本動作を嫌というほど繰り返しやらせる。次に実践的なテクニックを自ら示して見せる。そしてフォーメーションを覚えさせ、ボールの行方を判断しながら自分の取るべき次の動作を考えさせる。

最初のうちは、通訳を介して指示を出していたが、やがてサッカー用語は英語であると気付き、英語で指示するようになった。これだと選手にもある程度理解できるので、ドイツ語での通訳を介した指導より意思の疎通がよくなったということだ。そのうちクラマー氏は、日本語でなんと言うかを教えてくれと言い始めたという。それは、夜寝るときの挨拶は何というのかということだった。通訳が「おやすみ」だと教えると、ある日ディフェンスの選手のそばに枕を持っていって「オヤスミ、オヤスミ」と声を掛けた。お前は何もやっていないのと同じだから寝ていろという皮肉だったのだ。

つまり、指示を受けないと動けないようでは試合にならない、自らよく考えることが大切だという教えである。最初は理解できずにいぶかっていた選手達も、度々これをやられると流石に意識を変え、その後は試合での動きがよくなったということである。クラマー氏は選手として大成することはできないと若いうちに悟り、早くから指導者としての研鑽を積んでいたというから、強くなれる合理的な方法を会得していたのだと思われる。

クラマー氏は、日本サッカー界に画期的な指導法をもたらした。それまでの、コーチによる一方的な練習法の押し付けをやらず、選手に考えさせ納得させて、自主的に練習する手法を示して見せたのである。クラマー式の練習法は、大きな評価を得ていたので、日本のスポーツ団体が取り入れていれば、練習の成果が上がるばかりでなく体罰とは無縁となっていたかもしれない。

東京オリンピックが開催されたとき、私は高校生でサッカー部に入っていた。当時サッカーはとてもマイナーなスポーツで、高校野球が球場を満員にするのに対して、誰一人観客のいない高校の運動場で試合をしていたものである。ユニフォームはラグビーと同じ長袖のラガーシャツであったし、靴は皮ではなく帆布のような丈夫な布製で、ストッキングも紐で止めるものだった。

私達のチームは、コーチの教師は未経験者でただグラウンドに時折顔を出すだけ、加えて我流で戦法を考えていたのでなかなか勝てなかった。あのとき、クラマーさんのような名コーチが付いていてくれたなら、実業団に一人くらいはスカウトされていたのではないかと、今になってたわいないことを思ったりしている。

洗濯

春の彼岸が終わった天気の良い日に、鯉のぼりを揚げた。端午の節句には随分間があるので、少し気恥ずかしい思いもあったが、昨年からの懸案だったので、思い切って揚げることにした。

去年鯉のぼりを揚げているときのこと、同居の孫二人が泳いでいる鯉のぼりを眺めるだけでは物足りないらしく、自分達にも揚げるのを手伝わせてくれと言ってきた。邪魔になって仕方がないのだが、孫のための鯉のぼりなのでやらせてみた。五匹の鯉のぼりは、風があると孫達には重いらしく、なかなか矢車の下まで届かない。「おじいちゃん、重い」と手を離してしまった。

それではと、その日の夕方、鯉のぼりを仕舞うときに、降りてくる鯉の尻尾を捕まえさせてみた。これには大喜びで、鯉のぼりが地面に着くやいなや自分の背丈よりはるかに大きい鯉を体に巻きつけて寝転がる。果ては爪揚げよろしく鯉の口元を握って引きずりながら庭を走り回る。こんなことを何日か繰り返したものだから、鯉のぼりはすっかり土にまみれてしまった。

孫の喜ぶ姿を見て端午の節句は終わったが、汚れてしまった鯉のぼりはこのまま収納箱に仕舞うわけにはいかない。きれいに洗ってからにしようと、いったんビニールの袋に押し込めて納屋に放り込んでおいた。

数日後低気圧がやってきて、台風並みの強い風をもたらした。鯉のぼりのポールが弓なりに曲がり、今にも折れそうになったので、大急ぎで倒して事なきを得た。

それから半月もたった頃、何気なく納屋をのぞき、まだ鯉のぼりを袋に丸めたままであるのに気付いた。洗わなくてはと思ったが、ポールを倒してしまったので干す場所がない。ポールは鉄管なのでとても重く、一度倒すと再び立てる気力がなかなかわいてこない。一匹ずつ洗って軒下に干そうかとも考えたが、何となく億劫で面倒に思えて、ふたたびそのままにしておいたのだった。

納屋へ入るたびに鯉のぼりが目に入る。洗わないでそのままにしていることの罪悪感が襲ってくる。しかし干す場所がないからできないのだと、言い訳をして納屋を出る。そのうち、とうとう年を越してしまった。

二月に福岡に住む娘から電話があった。子どもの幼稚園が春休みになったら一週間ほど帰省するというのである。今年の冬は思いのほか寒さが厳しいので、あったかい宮崎に早く帰っておいでと返事をしながら、頭のなかでは鯉のぼりを揚げて孫を喜ばせてやろうと考えていた。

三月に入ったが、そろそろ鯉のぼりを洗おうと思っていると雨が降る。春に三日の晴れなしとはいうが、それにしても雨が多い。彼岸の入りも雨になった。週末には娘が帰省してくるので焦りが先立つが、自然には勝てない。

彼岸を過ぎると良い天気になった。この機会を逃してはならじと洗濯に取り掛かった。五匹の鯉のぼりを、たらいに水を張って浸けておき、それから一匹ずつ手洗いしようと考えていたら、妻が「洗濯機で洗ったほうが早いんじゃないの」と言ってきた。「なんだか鯉がぐちゃぐちゃになりそうだな」と返すと、「浸け置き洗いというのがあって、これなら静かに洗うから大丈夫よ」と自信たっぷりに言う。ちょっと心配だったが、いっぺんに洗えるなら手間が省けて良いと考え、やってみることにした。

　五匹の鯉を洗濯機に放り込もうとしたら、四匹は入ったものの、五メートルの真鯉の口は洗濯槽よりも大きくて入らない。止めようかと思ったが、洗えなければそれまでのことと覚悟を決め、入りきらない一匹だけは手で口をつかんでスイッチを押した。洗剤を入れ水が規定位置まで入ると洗濯が始まった。

　洗濯機は洗濯槽を反転させながら洗うものなので、入らないものは手でつかんでおれば大丈夫だとおもっていた。ところが、左へザブ、ザブ、ザブと小刻みに三度回って振れるが、右へは一度しか返らない。だから洗濯物を手でつかんだままだと、どんどん左へよじれてくる。それで、私も左へ左へとよりを戻さざるを得なくなる。

　洗濯機との格闘は三十分ほどで終わった。生地が傷むのではないか、裂けてしまうのではないかと心配したが、無事洗い終えることができてほっとした。それから、庭の隅に長さ一・五メートルの木の杭を二本並べて、五十センチほど打ち込み、家の犬走りの上に保管していた鯉のぼりのポールを持ち出し、杭の根元にあてがって徐々に起こしていき、やっとの思いで杭に添わせて立ち上げ、ロープで幾重にも縛って固定した。

洗濯した鯉のぼりは、大きなポリエチレン製のたらいに入れ、汚れないよう妻に手伝ってもらいながら慎重にロープに括り付けていった。鯉は水を含んでいるので、かなり重くなっている。風がある所為でポールが少ししなり始めたが、風が出ているほうが早く乾くだろうし、ポールが折れることは無いだろうと考えながら、朝からの作業を昼前になってようやく終えることができた。

夕方になって、鯉のぼりを取り込むと、すっかり乾きあがっていた。洗濯のおかげだろうか手触りがとてもよくなりサラサラとしている。季節よりも早めに鯉のぼりを揚げることになったのだが、昨年からの懸案を解消できて肩の荷が下りた思いだった。

洗濯が終われば、あとは娘の帰りを待つばかりである。孫達の喜ぶ顔も目に浮かんで心が和んでくる。ところが帰省予定の前日、子どもに突然熱が出たので帰省を一日延ばすと娘から電話が来た。孫は五歳と三歳なので、体調が悪ければ無理はできない。残念だが明日の鯉のぼりはお預けだ。

さて、ようやく帰省当日となった。今日こそはと意気込んだが、あいにくの小雨で鯉のぼりは揚げられない。午後三時ごろ空港に娘達を迎えに行った。娘は「福岡に比べるとむっとするほど暖かいね」と、雨が上がりつつある曇天を見上げながら、寒い福岡とは全然違うと喜んでいた。

帰宅して孫達に、「お前達を鯉のぼりで迎えてやるつもりだったのに、残念だったよ。天気が良くなったら、揚げてやるからね」と言ったら、孫はチラリとポールを見やっただけで家のなかにさっさと入ってしまった。

おちば

四月に入ってすぐの日、長男の嫁から「今度の日曜日に、コーセイのピアノ発表会がありますから、見に来てください」と招待された。孫のコーセイは今年から小学生になるが、二年前から音楽教室に通っている。今年度の教室が終了したので、その成果を発表するのである。成果といったところで、大して上がっていないのは、家での練習を聞いていてよく分かっている。

やれやれ億劫なことだ。小さな子どもが演奏するのは、姿こそかわいいものの、何人もの演奏を聞いていると退屈になる。それに、コーセイの弟も連れて行くのだろうが、まだ四歳でこんな場所ではおとなしくしていてくれるはずもなく、すぐに騒ぎ始める。そうなると、子守がこちらに回ってくる羽目になる。昨年の今頃も誘われたのだが、私の弟が日南市の学校へ転勤になり、引越しを手伝ったおかげで見に行かずに済んだのだった。今年は、どこにも出掛ける用事がなく、断る理由も思いつかなかったので、見に行く約束をしてしまった。

どうしてコーセイがピアノを習うようになったのか、それは親である長男が、仕向けたからに違いない。長男が小学校に上がる二年前だったが、当時家族ぐるみのお付き合いがあった方の娘さんが、短大でピアノを専攻していて、よかったら教えてやるよと言われた。しかし長男は、ピアノは女の子がやるものだから僕はやらないと主張して、習おうとはしなかった。それなのに、社会人となった頃に「どうして、無理にでもピアノを習わせてくれなかったのか」と私に言ったことがある。成人してのちに、ピアノの弾ける人を見て、うらやましく思ったことがあったのだろう。その無念さを子どもにピアノを習わせるという形にしたのだと思っている。

妻とともに、会場の市民文化ホールに着いてすぐに、プログラムを貰おうと受付へいくと、どなたのご家族ですかと聞かれた。孫の名前を言ったら、受付に使っていたプログラムを調べ始めたが、なかなか見つけてくれない。そこへ長男がやってきて、「名前が落ちてるんだよ。名前の代わりに演奏する曲目の方を書いてしまったらしい」

と教えてくれた。なるほど貰ったプログラムを見ると、孫の名前ではなく、曲目である「おちば」としてある。これではいくら探しても見つからないわけである。

会場が開くのを待っていると、孫がにこにこしながら歩いてきた。髪をきちんと整え、よそ行きの服装にネクタイまでしている。靴もぴかぴかである。「おい、おちば君。お前は名前を変えたらしいね」と声を掛けると、「僕、おちばじゃないよ、コーセイだよ。ピアノ教室の人が間違ったんだよ」とブスッとした顔を見せた。そこへ係りの人がやってきて、「こちらの手違いで申し訳ありません。いま会社で印刷しなおしていますので、後ほど持ってまいります」としきりに恐縮している。私は、「勝手に改名させられては迷惑だけど、ここはご愛嬌ということにしておくよ」と言っておいた。

会場前のホールには、小学校に上がる前らしい子ども達が二十人ほどと、それより少し上のような子ども達が十人ほど来ていて、互いに喋ったり走り回ったりと、発表前の緊張などまったく見られない。それ以上にはしゃいでいるのが付き添いの親達で、子どもの晴れ舞台に合わせたようにおしゃれをし、興奮気味に大きな声で喋っている。

やがて騒がしいホールにアナウンスが流れ、開場となった。皆我先にと駆け足で入っていく。カメラでよく撮れる席を目指しているのだろう。私達夫婦もつられて急ぎ足になる。見る間に百五十席ほどの会場はいっぱいになった。

開演のブザーが鳴り、音楽教室の指導者という人が舞台へ出てきて司会を始めた。その最初に言ったのが、「プログラムにミスがあり申し訳ありません。十番目に演奏するのは、トダカコーセイ君です。間違って、演奏曲目の「おちば」と書いてしまいました。ただいま印刷をやり直していますので、お帰りの節にはプログラムを交換していただきますようお願いします」というお詫びだった。

演奏は、幼児科一年というクラスの、五歳の子ども達から始まった。舞台には、グランドピアノが一台と、エレクトーン十台が備えられ、中央には大きな生花があって、華やかな雰囲気になっている。出番となった子ども達は、次々にピアノ演奏をしてゆく。どの子も顔が上気しているように見える。ほとんどの子が、一曲三十秒程度の曲を二曲弾いている。七人が弾き終わると、次にコーセイ達幼児科二年の演奏が始まった。

いよいよコーセイの番になった。「おちば」と「お花のワルツ」を弾くと紹介される。するとコーセイはピアノではなくエレクトーンに向かった。意外なことだった。ピアノをやっているとばかり思っていたのに、エレクトーンを弾くとは初めて知った。

少し緊張しているのか、先生が椅子の高さを調整している間、助けを求めるような視線を親に送っていた。出だしは軽快に弾けたが、途中で指が止まってしまった。それでも何とか二曲、おしまいまで弾き終えることができて、見ている私のほうがほっとして、精一杯の拍手を送った。

コーセイ達の組が終わると、コーセイの弟のユースケが私達のところへ来て、「抱っこ」だの「お外に行きたい」だのと言い出した。騒ぎ出すとまずいので、外の芝生広場へと出た。雨が上がったばかりなので、地面がまだジトジトしている。ユースケは嬉しくて駆け回るが、すぐに靴を泥んこにしてしまった。服にまで泥がつくといけないと思い、「ユー君、もう戻ろう」と何度言っても「いや」の一点張りである。仕方がないので抱きかかえて会場のホールへ連れ戻した。しかし、やっぱり外が良いらしく、大きな会場へつながる階段を上り始めた。上り詰めると今度は降りていく。何度も何度も繰り返して上り下りする。こちらがいい加減くたびれた頃、演奏会場前のホールが人であふれ出した。どうやら、今日の発表会は終了したと見える。「ユー君、ママ達のところへ行こう」と言うと、「うん、いいよ」と意外に素直に応じてくれた。

発表会が終わると、うまくいった子ばかりでなく、不本意な子もいただろうが、みんな意気揚々として見える。幼いながらも一つのことを成し遂げたという、達成感が感じられる。出演者全員の集合写真が撮られるころには、付き添いの親達の間にも安堵感が漂い、緩んだ口元からは軽口が飛び交っている。私達ジジ、ババも「よかった、よかった。立派な出来だった」と、半分お世辞ながらコーセイを祝福した。

それから一月ほど経ったが、どういうものかコーセイのピアノを練習する姿が一度も見られない。発表会前は親子で一心に取り組んでいたのにどうしたことだろう。しかし、それで良いのだ。ピアノで身を立てるほどの才能は持ち合わせていないようだし、音楽教室の生徒達も小学生になったら半分以上止めているようだし、なるようにしかならないのだと私は思っている。

シンタロー君

四月も終わり近くなり、いよいよ木々の緑も濃くなって、初夏の気配が増してきた。気が向いたので、朝から本棚の整理をしていたが、一区切りとなった午後三時ごろ、本屋でものぞこうと出掛ける支度をしていると、玄関の呼び鈴がなった。「どなたですか」とインターホンで尋ねると、「こんにちは、シンタローです」と元気な返事が返ってきた。

シンタロー君は、長男の小学校時代の友人である。すぐに玄関ドアを開けると、「おじちゃん、魚釣りに行って、たくさん釣れたから貰ってよ」という。海釣りからの帰りらしく、顔が日焼けしている。厚手の長袖シャツを羽織り、足には磯足袋を履いたままである。ワゴン車に載っている、長さ一メートル幅六十センチほどの大きなクーラーボックスをのぞくと、アラカブ、アオブダイ、オジサンと呼ばれているヒメジ科の赤い魚など、全部で十五、六匹も氷漬けになっている。

「これがいいんじゃないかな」とシンタロー君が取り出したのが、体調四十センチのイシガキダイだった。「これは、めったに釣れるものではないよ。こんな貴重なものを貰っていいのかな」と聞けば、「たくさん釣れたし、自分の家族だけでは食べきれないから、遠慮なくどうぞ」と言う。それではとイシガキダイを受け取ると、そうだあれがあったと、クーラーの底になっていた三十センチもあるメジナを取り出してくれた。メジナは私の大好物である。「もう、これで十分だよ。おかげで今夜の酒の肴は豪勢なものになるよ、ありがとう」と言いながら、どこに釣りに行ったのかを尋ねると、車で鹿児島まで行き、そこから瀬渡し船で屋久島近くの瀬に渡ったというのである。随分遠くまで行ったものだ。そんなところまでいって、大変だっただろうし、折角の獲物をただ貰っていいものか思案していると、「おじちゃん、もう一つこれを貰ってよ」と言う。

それは「亀の手」だった。「亀の手」は形が亀の手に似ているので名づけられたものであるが、フジツボの仲間の甲殻類で、宮崎の海岸でも、岩にびっしりとかたまって付いているのを見ることがある。身は細長くて軟らかい。普通は長さが四、五センチのものだが、これは六、七センチもあってとても大きい。シンタロー君は、近頃は福岡あたりから来る人までが、この味を覚えて採っていくようになった、少なくはなってしまったけど、ハンマーで叩けば簡単に取れるからと、両手に乗り切れないほどの「亀の手」をクーラーボックスから取り出した。

小学生のころ、シンタロー君は、我が家にしょっちゅう遊びに来ていた。私も長男や次男と共に彼も連れて、国鉄妻線が廃止になる直前に、宮崎駅から杉安駅までを往復したこともあった。それが、長男とは別の中学校に進学したことから、長い間疎遠になっていた。もっとも、長男とは時折連絡を取り合っていたらしく、大学卒業後は父親の営む電気工事業を手伝っているとか、結婚したとかという話は聞いていた。五年程前には私の勤める公民館に、外灯の修理にシンタロー君と両親の三人でやってきて、二十年ぶりに彼と再会したことがあった。小学六年生のとき以来だったが、顔つきはまるで変わっていなくて、「おじちゃん久しぶり」というその話し方もそのままだった。

そして昨年の夏のこと、長男が小学校の同窓会に出席した翌日、「シンタのお母さんが二年前にガンで亡くなったと聞いた」と連絡してきた。信じられない話だった。いつも笑顔を絶やさない明るい人だった。いつだったか妻から、買い物で出会ったときに、家を新築したから遊びに来てねと、嬉しそうに話されたよと聞いたことがあった。

妻と二人して、分かっていればお葬式に行ったのにと話しながら、とにかくお悔やみに行こうということになった。その日はお盆に入っていて、お墓参りで留守かもしれないと案じながら彼の家に到着し、車を駐車場に停めようとしているところにシンタロー君が帰ってきた。

「お母さんのことを聞いたものだから、お悔やみに来たよ」と言うと、「父は出掛けているけど、どうぞあがってください」と二階へ案内された。そこには、まだ新しいように見える祭壇がしつらえてあり、菊の花が果物の供物とともに供えられていた。聞けば、二年の闘病の後、去年の十一月に亡くなったというのである。図らずも私達は初盆のお悔やみに来たことになり、何か不思議な縁を感ぜずにはいられなかった。

これを機に、私達とシンタロー君との交遊が再開したのだが、そのきっかけが、彼の母親の死であるとは、とても残念なことであった。

そして今年の春に、釣りに行ったからと魚が届いたのである。シンタロー君は、長男と何度か飲んだりするうちに魚釣りの話が出て、私が魚を捌くことを知ったので何か釣れたら持って行こうと思っていてくれたらしい。ありがたいことだ。十年ほど前までは、釣った魚を届けてくれていた私の友人達も、今は全員年金暮らしとなり、体力の衰えもあってすっかり釣りから足を洗っている。だから、活きのよい魚を捌くこともほとんどなくなっていたので、新鮮な魚を捌くなんて本当に久しぶりである。

夕方になって、魚を捌こうとしたところへ長男一家が帰ってきた。二人の孫は指で魚をつついていたが、「これ、くさーい」と言いながらも何度も触りたがった。長男の嫁は、「わあ、大きい。何という魚ですか」と興味を示す。これがイシガキダイでこちらがメジナと教えてやり、すぐ捌きに掛かった。先ず鱗を取る道具で、硬い鱗をこそげていくと、嫁は「こんなものがあるんですね」と感心している。「これはもう二十年も使っているヤツだよ」と説明しながら、次に腹を割き内臓を取り出すと、十センチほどの黄色い真子が付いている。これの煮付けが私は好きで、なんだか儲けものという気持ちになる。三枚におろして刺身にしていくと、それまでじっと私の手元を見ていた長男が、「俺も出刃包丁を買って、捌こうかな」とつぶやいた。しかし、これまでいくら捌き方を教えてやるといっても、避けてばかりいた長男のことだ、実行するとはとても考えられない。

見つめ続ける長男夫婦に、中落ちの身を食べさせると「うまい。コリコリと嚙み応えがある」。さらにエンガワをとってやると、「このとろりとした感じがいいね」とテレビのレポーターまがいの話しぶりである。捌く腕はなくとも、口は肥えていると見える。

二匹分の刺身は、直径三十センチの皿が二枚必要だった。私が刺身に切っていく様子を初めて見る孫は、出刃と柳刃を触りたくて仕方がないのか、私の後ろに回って「おじいちゃん、それ面白そう。僕にも貸して」と物騒なことを言う。何事にも関心を持つのはよいことだが、この包丁は危ない。「もう少し大きくなったら、使い方を教えてあげるからね」といいながら、出来上がった刺身の一皿を持たせた。孫は慎重にそろりそろりと自分達の部屋に歩いていく。孫なりに大事なものだという思いがあったかもしれない。

イシガキダイとメジナを肴に酒を飲むのは、めったにできることではない。スーパーでお目にかかることはほとんど無いし、釣りに出ないことには味わえないものである。こんな夜は酒が進む。ゆったりした気持ちで呑んでいたら、じっくりと酔いが回ってきた。刺身の半分と塩茹でした「亀の手」は翌日に廻すことにした。

それから二週間ほどして、シンタロー君が家の前を自転車で通りかかった。呼び止めて、「この前はありがとう。おかげでおいしいお酒になったよ」と礼を言えば、「喜んでくれる人がいると、釣りに張り合いが出てうれしいよ」と返ってきた。続けて、「今度は、夏の終わり頃に釣りにいくから、また持ってくるね」と嬉しいことを言ってくれた。それならば、包丁を丁寧に研いでおかねばなるまい。いや、ひょっとすると長男が一念発起して、魚捌きに挑戦してくれるかもしれない。期待は薄いが、三箇月後の夢としておこうと思いつつ、少年のように自転車を立ちこぎしながら遠ざかっていくシンタロー君を見送った。

井戸

昨年の夏の終わりに、土地家屋調査士を名乗る男二人が、市役所の依頼を受けてきたと我が家を訪ねてきた。聞けば、井戸の調査をしているという。災害で水道が使えなくなったときに備えて、どこに井戸のある家があるのかを調べているのだという。

我が家は井戸を持っているし、現に使ってもいる。飲み水としてではなく、庭に撒いたり庭木に掛けたりするほかに、トイレの水としても使っている。これまで、水道の断水など一度もなかったので、非常時への備えにすることなど深くは考えてもいなかった。

その昔、昭和三十年代までは、私の住んでいる田舎には水道が普及していなくて、地域一帯が井戸水に頼っていた。それで、飲み水に適しているかの検査も受けないまま、とにかく何にでも使っていた。煮炊きは勿論のこと、風呂にも野菜の水遣りにも井戸水であった。

私が小学校低学年のころ、水を汲むのに他所の家では手押しポンプが多かったが、我が家は釣瓶だった。藁を縄に綯って、その端にブリキで出来た汲み桶を括り付け、天井の梁に掛けた滑車に縄を通して水を汲むのである。割と水位が高くて、井戸の淵から水面まで三、四メートルほどだった。地上部に出ているコンクリート製の井戸の高さは一メートルを少し超えていたように思う。それで、小学生の私が水を汲むときには、踏み台を使っていたのだが、蓋のない井戸を覗き込みながら汲んでいたことを思うと、よくも落ちなかったものだと、今更に当時の安全に対する配慮のなさにぞっとする思いである。しかし、よくしたもので、怖い気持ちはあったものの、危険だという認識は私自身にもなかったように思う。それよりも、汲めども汲めども一杯にならない風呂釜にうんざりしていたことの方がより鮮やかに思い出される。

私の住む地域に水道が引かれても、我が家は井戸を残した。トマトをビニールハウスで栽培していたので、大量の水を必要としていたためである。釣瓶はとっくになくなって、新型の手押しポンプであった。これは、ガチャガチャと忙しく取っ手を動かさなくとも、ゆっくりと取っ手を押し下げるだけで大量の水が出てくる優れものだった。このポンプに直径四センチものビニールホースを取り付け、三十メートルほど離れたトマト畑に週に一度は水を掛けていたものだ。

その後電気井戸ポンプという、より便利なものが出現したので、手押しポンプからこれに換えた。今では、庭木への水遣りもホースを引いたその筒先に簡易なスプリンクラーを取り付け、手にホース持っていなくても、一定の範囲にたっぷりと掛けられるようにした。便利といえば便利だが、なんだか人間が横着になったようで、これで良いのかと思うときもある。

井戸水の良さは、水道水のようにカルキ臭くないこと、夏の暑い時期に浴びるととても冷たくて気持ちの良いことである。冷蔵庫の普及する前には、この冷たい水をゴクゴク飲むことで体の火照りを取っていた。さらに、手足や顔を洗うとさっぱりした気分になったものだった。

今年の四月になって、市役所から災害時協力井戸の登録を依頼する文書が届いた。大規模な地震等の災害発生により、水道水の供給が停止した場合に備えて、市の応急給水を補うために「協力井戸」の計画を立てているのだという。協力者となったら住所氏名を市のホームページに載せ、地域住民へ周知を図るとしている。

最近は、南海トラフと呼ばれる駿河湾から日向灘に掛けての海底で、大規模な地震が起こると予想されていて、宮崎県でも死者が四万二千人にも上ると、テレビや新聞で報道されている。災害が起きると一番に大変なのが水の確保である。だから、それに備えようということなのであろう。

困っているときはお互い様だから協力しようと思い、「井戸登録申出書」を読んでみた。一、非常時に市民へ井戸水を提供する。二、「災害時協力井戸」の標識を道路から見やすいところに設置する。三、生活用水の提供として登録された場合は、井戸水を適正に管理し、継続して井戸水を使用する。この三カ条を守るようにと書いてある。

文面だけでは詳細が分からないので、市役所の係りへ電話してみた。まず、市民へ井戸水を提供するのは、どれくらいの範囲や人数を想定しているのかと聞くと、はっきりとは決めていませんという。では、南海トラフ地震による大津波では、我が家のある一帯は、水没が予想されていて水の提供は出来そうにないが、それでも登録させるのだろうかと尋ねたら、そんな大災害ではないが、市による給水が出来ないときに協力してもらうものだと答える。それでは、生活用水の提供とあるが、我が家の井戸は飲み水としての検査を最近受けていないので、飲料水には適していないかも知れないと伝えると、飲み水としてではなく洗濯に使ったりするだけで良いのですと、何が何でも登録させようという姿勢である。

さらに、我が家は電気井戸ポンプであるから、停電のときは使えないと言えば、それはそれでかまいませんと、少し投げやりになってきた。そこで、意地が悪いかなと思いながら、停電にならなければ井戸水の提供はしようが、余りに大量となったときの電気料金は補填してくれるのかと尋ねると、それは僕には分かりませんときた。あなたは係りの人だから、分からないことはないでしょうと皮肉ってやると、答えることが出来ないのですと言うので、そこで電話をおしまいにした。

以前テレビで、東京都の何区だかの町内会が、今でも残っている井戸を災害用に活用しようと、手押しポンプを新たにしつらえている様子が紹介されていたが、市の考えていることは実にこの程度なのである。井戸の位置は示したので、後はご随意にということなのだろう。

あれこれ思案しているうちに、協力井戸登録の申し出期間を過ぎてしまった。提出しないことに後ろめたさを感じながらも、市役所からの申し出依頼に逡巡しているのは私だけではあるまいと考えた。市に協力する気持ちはあっても、何か無責任であるような態度に感じられて、違和感を抱いている人もいるに違いない。このような事柄には、もっときめ細かな説明が必要である。もしもの場合には出来るかぎりの井戸水提供をする覚悟ではいるが、少し割り切れない気持ちが今も続いている。

黄砂の季節に

三月の下旬に、福岡から娘が帰省してきた。子どもの幼稚園が春休みになったので、下の二歳の子とともにやってきたのだ。飛行場に着いた娘は、やっぱり宮崎は暖かくていいねと喜んでいたが、それに引き換え福岡は寒い上に外で遊べないと、家に着くまで車の中で嘆いていた。

この季節は、ゴビ砂漠から舞い上がった砂塵が、中国本土を経て偏西風に乗って日本へやってくる。福岡は中国に近いので、日本海を一跨ぎして黄砂がより多く降ってくるのだという。

黄砂は厄介者だ。うっかり洗濯物を外に干すと白いものが黄ばんだり、外に止めたままの車のフロントガラスに黄色の薄い膜が出来ていたり、ひどいときには曇り空みたいに視界が悪くなったりもする。

それが、今年は少し様相が違う。中国の大都市で、車の排気ガスや火力発電などから発生する大量の汚染物質が日本に飛来しているという報道が、一月頃からされ始めたのである。これらは、微小粒子状物質と総称され、略してPM2・5と呼ばれているが、単位は一ミリの千分の一であるというから、空気中を浮遊して、風に乗って軽々と日本まで飛んでくる。非常に小さいため簡単に肺の奥深くまで進入し、呼吸器や循環器に悪い影響を及ぼすといわれている。

八代に住む妻の姉夫婦に、熊本にも汚染物質がたくさん飛んでくるだろうから大変だねと電話を掛けると、もうこれまでの年になったから、あんまり気にしてもしょうがないよと達観している。妻の友人は宮崎なので、熊本などよりは飛来する量が少ないと思われるのに、「私は長生きしたいから、なるべく外出もしないようにしている」となかなかの用心振りである。人はそれぞれに考えがあるだろうが、こうも極端な考えの人が身近にいようとは思いもしなかった。

黄砂の季節には、この汚染物質と黄砂がくっついて、一緒になって飛んでくるという。黄砂だけでも厄介なのに、悪さをする物質を伴うとはけしからん話である。しかも日本での最大の飛来地は九州で、なかでも福岡がひどいのだという。

これでは、娘が嘆くのも無理はない。しかも、下の子は喘息持ちなので余計心配になる。そんなところに暮らす孫達が不憫であるが、おいそれと生活の本拠を替えることはできない。娘には、宮崎は汚染物質の飛来は比較的少ないので、帰省したら少しは安心して外で遊べるよと慰めてやることだった。

福岡の黄砂のことは、前々から聞かされていたので、娘が帰省したら、買ってやろうと思っていたものがある。空気清浄機である。外で遊べないなら、せめて部屋の中の空気を安心なものに近づけてやりたい、そう思ってあれこれ機種を見比べておいた。帰省している間に電気店に連れて行き、娘の気に入ったものを買おうと決めていた。娘の喜ぶこともさりながら、離れて住んでいて孫の健康が気になる私にとっても、それで安堵できると考えていた。

ところが、案に相違して娘は要らないという。空気清浄機はすでに持っているというのである。それよりも、洗濯物を部屋干しする所為で窓の結露がひどくなり、それを何とかしたいのだという。以前送ってやった結露取りのシートは、勿論窓に貼っているのだが、それでは間に合わないともいう。むしろ除湿機を使った方が良いのではないかと思っていると話す。それでは除湿機を買ってやろうと言えば、「それは自分で何とかするからいいよ」と断られた。「遠慮しなくてもいいよ。空気清浄機の分を回せば済むことだから」と言っても、「やっぱりいいよ」とまた断る。

そのとき妻が、「お父さん、あれがあるじゃない。あの使っていないやつ」と言い出した。あれと言われても、すぐには思い出せないのが近頃の私だが、ようやくのことでクローゼットに仕舞いこんでいる除湿機のことだと気付いた。それは二年前に買ったもので、梅雨時に使ってよく除湿してくれるものの、温風を吐き出すので周りの空気が暖まり、熱がりの私はすぐに買い換えてしまったのだった。

早速引っ張り出してテストしてみると、順調に除湿してくれる。まだ三月なので温風を排気してもあまり気にならない。娘に「これはどうだ。もう家で使うことはないので、これでよければ宅配便で送ってやるぞ」と言えば、即座に「貰う」の一言。親子三人が福岡へ戻る日に配達の依頼をした。

娘達が福岡へ帰っていって、四月に入ると黄砂の飛来が本格化した。それに伴って、日々の洗濯物を外に干せるかどうかが気になってきた。うまい具合に宮崎県でも黄砂やＰＭ２・５の予報を出し始めた。ただ、これは数値を表にしているだけなので、どの範囲にどれだけの量が降っているかは分からない。インターネットで環境省の出しているものを見ると、汚染物質の中国大陸から日本全土に至るまでの分布図を見ることが出来るので、もっぱらこちらを頼って洗濯物を屋外にするかどうか決めてきた。

　汚染物質の数値が高い日には、雨の日のように風呂場に干すのだが、私はこれに扇風機の風を当てることにしている。そうすることで、部屋干しのかび臭いにおいがなくなるし、速く乾く。乾きが物足りないと感じたら、二畳ほどの洗濯室で除湿機の乾燥機能を使って仕上げている。夫婦二人の毎日の洗濯物など僅かなもので、除湿機を三十分も動かせばカラカラに乾いてしまう。それでも除湿機には五百ccほどの水が溜まったりして、空気中の水分の多さに驚くことがあった。

　五月初旬になると、晴れる日が多くなってきた。天気が良いと洗濯物は外に干したくなる。黄砂や汚染物質は嫌だから、毎日インターネットで当日の予報を見ながら、部屋か外かを決めていたが、だんだん面倒になってきた。それで、西風であれば中国から飛来するだろうが、東風だと大丈夫だろうと勝手に決め付けて、次第に外に干すことが多くなってきた。それに、梅雨に入る前に冬物のセーター類を片付けたい思いもあって、晴れさえすれば外に干すようになった。何日か外干しをするうちにすっかり慣れっこになって、汚染物質の存在など遠いものになってしまった。テレビで報道しなくなったこともあって、外に干してもほとんど気にならなくなってきた。

あるときふと思って、最近の汚染物質の様子はどうだろうかとインターネットを覗いてみた。日本海上空にはまだたくさん舞っているが、宮崎には届いていない。やれやれと安堵しながらも、福岡の娘はどうしているだろうかと電話してみると、「まだこっちは危ないから部屋干しにしてるよ。だからあの除湿機があって助かってる」という。「でも、今は排気の温度が暑くなって、大変じゃないのか」と聞くと「買い物に行ったりするときに、二時間ほど掛けておくと丁度良いくらいに乾いてくれるから便利よ」と親を気遣ってくれる。「今は、とても性能の良い除湿機が安くで売られているみたいだから、それを買ってやろうと思っているんだがね」と話を向けたが、「いや、これで十分よ」と、新しいのが欲しいのかそうでないのか分からない返事だったが、現状に満足しているのだということにして電話を切った。

それにしても、大変な時代になったものだ。何千キロと離れた国から公害を貰うことになろうとは考えもしなかった。わが国において、足尾銅山鉱毒事件に始まり、水俣病に四日市喘息と、国内で延々と続いた公害がなんとか終息したと思ったらこの有様である。公害を垂れ流しにしたままで、自国民に苦しい思いをさせても経済さえ発展すれば事足りるとする政府がある限り、原発の再稼動問題でもでもいえることだろうが、国民の真の安寧は遠のくばかりだと最近しきりに思うのである。

さわやか五月

今年は四月末から気温が急激に上がって、すぐにでも夏が来るような気配となった。この調子だと五月の大型連休には晴れた暑い日になりそうだと予想したが、連休前半は一転して小雨降る肌寒い天気となった。例年この時季には、観光や旅行に出掛ける人たちが多いが、さぞかし皆さん、がっかりしたことだろう。

怠け者の節句働きという言葉のとおり、私は寒い時期は家にこもり、さわやかな気候になって、世間の人が遊びに出掛ける五月の連休から少しずつ働き始める。先ずはゴーヤの植え付けである。種をまいて十五センチほどに育ったゴーヤの苗を植えるために、畑を耕し肥料を撒く。次に畝を立て草除けにビニールでマルチングをする。さらに支柱を何本か立ててネットを張る。これだけの仕事だが、休み休みなので丸二日も掛かってしまった。三日目には苗の植え付けが終わり、ゴーヤが実を付けるのを待つだけになった。

次に待っているのは、梅千切りである。小さな木が三本しかないのだが、一個ずつ実を傷つけないようにもいでいくには、脚立を使ったり木に登ったりしなければならないので、結構時間が掛かる。梅の枝は堅い上にあちこち小さな突起があるので、油断するとシャツが破れたり腕に擦り傷を負ったりしてしまう。一日がかりで収穫した梅の実は、八キロだった。そのうち大粒で傷のない二キロを、梅干用にと妻に渡した。妻は「あら、ご苦労様。でも、頼んでいた梅が、来週には送ってくるんだけど」となんだか邪魔物扱いである。残りの六キロは焼酎、日本酒、ウオッカに漬け込んで、来年への楽しみとした。

梅を千切り終えてほっとしたのも束の間、庭の奥のヤマモモの実が、地面に散らばっているのに気付いた。枝を見上げると、赤く熟れた実がびっしりと付いている。我が家のヤマモモは、四十年も前に古城町の山から掘り取ってきたものである。職場の先輩から、自分の兄が、山の木を切ってパルプ材に売る商売をしているが、今度切り出すところにヤマモモの木がある、要るなら掘ってやると言っているが君もどうかと誘われて、ヤマモモの木の欲しかった私は、すぐにお願いをしたのだった。山に植わっていたときには、切り株から芽が出る所謂株立ちの状態だった。先輩と二人で株の周りをスコップで掘り進め、横に張った根をそのお兄さんのチェーンソーで切ってもらいながら掘りあげ、株を縦に半分に切って、その一方を我が家に植えつけたものである。幸い順調に生育して、人の腕ほどだった株立ちも、四十年経った今日では幹の直径が二十センチにも成長している。

大きくは育ったが、実は一粒も生らなかった。ところが、五年前に家を建て替えるのにあわせて、屋敷の奥のほうに移植したところ、その翌年から少しずつ実をつけ始めたのだ。ヤマモモは雌雄異株の木である。三十年以上も実をつけなかったので、これはもう雄の木だと思っていた。どうしたことだろうと戸惑うばかりだったが、実をつけているという現実を見ると、本当は雌だったのだというほかない。

今年は、初めてたくさんの実を付けてくれたので、これは収穫しなければと考えた。しかし、ヤマモモの実は小指の先ほどの大きさしかない。それに、生っている実がいっせいに赤く熟れることはなく、緑や黄色のままの実と混在している。だからといって、枝を手繰り寄せ赤い実だけを取ろうとすると、別の枝が揺れて熟した実がボロボロ落ちてしまう。

そこで、大き目のビニール袋に何本かの枝を入れ込み、小枝をまとめて剪定鋏で切り落とし、あとで実を取り外す作戦に出た。それでも実はこぼれ落ちてしまうが、一個二個と摘み取るより効率的である。これ以上は脚立を使っても取れないという高さまできたところで、上を向いてばかりで首や肩が痛くなってもきたのでヤマモモ取りは終わりにした。時間を掛けた割に収穫は少なく、やっと一キロだった。ゴミを落としよく水洗いして、さてこれをどうしようかと考えた。昔は塩に漬けたものを腹痛の薬だとしていたが、あんな塩辛いものはごめんである。といって良い考えは浮かばず、結局簡単にできる焼酎漬けにした。

梅とヤマモモを漬け終わってやれやれと一息ついていたら、ブルーベリーが青く色づき始めていた。埼玉に住む孫娘が、毎年これを楽しみにしている。今から少しずつ取り込んで冷凍しておき、夏休みに帰省したときに食べさせるのである。ブルーベリーの木から直接実を取って食べるともっと楽しいと思うのだが、残念ながらその時期には実はすべて落ちてしまうので、孫に食べさせるには冷凍保存が一番なのだ。

熟れた実は、ヒヨドリやムクドリが食べにくるので、毎年鳥との競争になる。雨が降っている間は寄り付かないが、雨が上がった早朝には、必ず鳥たちが来襲する。群れで来るので、放っておくと被害は甚大になる。鳥よけのネットも持ってはいるのだが、実を取るとき邪魔になるのでよほどのことがない限り使わない。

七本植えているうち、まだ若い木のほうに熟れた実が見える。生っている実の全部が熟れているのではないので、収穫は二十個ほどだった。次の木を見ると、きれいな青い色になった実が少し粉を吹いたようにしている。採りごろである。二、三個取ったとき手の甲にちくりとした痛みを覚えた。やられたと思っていると、見る見る腫れ上がってきた。葉っぱの裏側に潜んでいたイラガの幼虫に刺されたのだ。黄緑色の一センチにも満たない毛虫が葉にしがみついている。

毎年のことなので、秋口には産み付けられるイラガの卵を取り除いているのだが、完全に除去出来ることはめったにない。それで、注意しながら収穫することにしている。一本目の木にいなかったので、つい油断してしまったのだ。腫れた手に虫刺されの薬を塗っても、ジーンと続く痛みはすぐには取れない。にっくき毛虫を退治してくれようと、今度は用心のためにゴム手袋をはめ、ピンセットを片手に駆除を始めた。

イラガの幼虫には強い毒性があって、僅かに触った程度でも腫れてしまう。しかも、ほとんどは葉の裏側にいるので、慎重にやらないと刺されてしまう。先ずピンセットで枝先をつまみあげ、毛虫のいる場所を避けて、片方の手で枝をつかみ、葉の裏全部が見えるように枝をひっくり返す。見つけた毛虫はピンセットで摘み取り、地面へ落として足で踏み潰す。このときくれぐれも、体のどこもブルーベリーの木に触れてはならない。どこに毛虫が潜んでいるか、葉の表側からは見えないからだ。

格闘すること一時間あまり、一本の木に百匹は居たかと思えるほどの数だった。ほかの木には全然いないのに、どうしてここに集中したのだろう。理由はイラガに聞かなければ分からないが、教えてはくれないだろう。

気がついたら、五月もおしまい近くになってきた。毎年この季節にあれこれとやることは多いが、いつもさわやかな気候が後押しをしてくれるおかげで、気分よくできている。後はラッキョウを漬けるだけだ。

季節はずれ

大型連休が終わったら、人の混まないような場所に遠出をしてみようと考えていたのだが、踏ん切りがつかないまま五月もすでに半ばを過ぎてしまった。遠出が出来ないなら、せめて何かおいしいものでも食べに行こうかと、妻と話をしているところに、長男の嫁が次の日曜日は小学校の運動会ですと言ってきた。孫のコーセイの初めての運動会である。応援に行かねばなるまいと妻に話せば、「勿論よ。お弁当はどれくらい作ろうかしら」と、今から気合が入っている。

ところが、週末になると天気が崩れてきた。運動会前日から降り始めた雨は、当日の朝には本降りとなり、とうとう運動会は順延になってしまった。そのため、コーセイは日曜日なのに登校する羽目になって、憮然とした顔で出掛けていった。

翌日は一転してよく晴れあがり、運動会が行われることになった。しかし、我々夫婦には声が掛からなかった。出掛ける面倒がなくてよかったと思うことにしたが、「これから行ってきます」の一言だけを残して、さっさと自分達だけで出掛けた長男夫婦に、何か割り切れない思いが残った。

その翌日、学校が休みで、コーセイを預かることになった。コーセイが休みだと知った弟のユースケは、保育園に行かないと駄々をこね、こちらも預かることにした。

保育園嫌いのユースケは、家の中を走り回り、ボールを蹴ったり積み木を放り投げたり、「おじいちゃん、紙飛行機作って」、「おばあちゃん、イチゴ食べたい」と、休めたことを全身で喜んでいる。一方のコーセイは朝から元気がない。顔が赤く、少し熱もあるようだ。額に熱さましのシートを貼っていて、「僕、体がだるい。お熱を測って」と体温計を手に持っている。

「昨日の運動会で疲れたのだよ。今日はおとなしく寝ていたほうがいいぞ」と言いながら体温を測ると、三十八度もある。「これは、病院に行ったほうがいいね。ママに連絡しようか」と言えば、「ママが、お仕事から帰ってどんぐり（小児科医院）に行くって言った」と答えるので、とにかく寝ているのが一番と布団を敷いて寝かせておいた。

しかし、ユースケが飛び跳ねている傍で静かに寝ていられるはずもなく、すぐにおきてきて二人ではしゃいでいる。その所為か、午後になったら体温は三十九度にまで上がった。氷で頭を冷やしてやるが、全身が熱くなり、咳も出て傍目にもきつそうに見える。

どうしたものかと妻と思案しているところへ、母親が帰ってきた。すぐに病院へ連れて行ったが、二時間経っても戻ってこない。一人になったユースケはおとなしくなってテレビばかり見ている。

夕方近くになってコーセイが帰ってきた。インフルエンザだという。冬がとっくに過ぎたこの季節にインフルエンザかと、驚いてしまった。聞けば小学校でB型が流行っているのだそうだ。

インフルエンザに罹っていては登校できない。それで、翌日もコーセイを預かることになったが、再びユースケが保育園に行かないと母親をてこずらせる。病気がうつっては大変なので、ぐずるユースケに「おじいちゃんが送っていくから、テレビのアニメを見たら行こうね」と、テレビを見せて少し落ち着いたところで、いつもより一時間も遅れて、やっと保育園に連れて行った。

園内に入ったもののユースケはご機嫌斜めで、私に抱かれたまま降りようとしない。いくら促しても「嫌だ。保育園行かない」と繰り返し、担任の保育士の手を振り払う。五分ほど押し問答していたら、別の保育士が私から剝ぎ取るようにしてユースケを連れて行った。泣き叫ぶユースケに後ろ髪を引かれる思いで園を後にした。夕方迎えに行ったとき、「あれから、程なくして機嫌を直して、お友達とよく遊んでいましたよ」と保育士に言われたが、あまり納得できなくて複雑な気持ちだった。

その翌日も、コーセイは登校出来ないので預かることにしたが、またもやユースケが頑として保育園に行かないと言い張る。おそらく、兄が休むのに自分だけ行くのはいやだということなのだろう。兄弟で同じところにいないほうが良いのは自明の理である。しかし、四歳のユースケにそんな理屈は理解できるはずもない。仕方なく休ませて、なるべく接触しないようにとできるかぎり気を配ったのだが、一日中同じ家の中で遊んで過せば予想はつくことで、案の定ユースケも熱が出て咳までするようになった。そして、母親に連れられて病院へ行き、インフルエンザの診断を貰って帰ってきた。したがってその次の日は、孫二人を布団に寝かせて、ジジとババは一日中看病に追われることになった。

週があけるとコーセイは、医者の完治証明を携え、父親に伴われて学校へ行った。一方、ユースケは休んだままである。看病するこちら二人もインフルエンザを貰っては大変と、手洗い、うがいを念入りにやり始めた。そして事態はもっと悪いほうへと傾いていく。ユースケのインフルエンザは母親に伝染してしまったのだ。母親は体がだるいと訴え、食欲もほとんどないといって寝込んでしまった。

ユースケは保育園を休んでいることが嬉しくてたまらないようで、まだ熱があるのに「おじいちゃん遊ぼう。お外で水遊びしたい」ととんでもないことを言ってくる。いくら、静かにしていないと治らないよと言い聞かせても無駄で、外で遊んでくれないと分かると、「ママとお昼寝する」と言い出す始末である。「それじゃ、ユー君の好きなアニメを見ようよ」と言ったら、「うん。そうする」と、やっとテレビの前でおとなしくしてくれた。

コーセイの発症から二週間経って、やっとインフルエンザは治まった。とてつもなく長い時間に思えた。私達夫婦は、子どもも含めてこれまでインフルエンザに罹ったことがない。それが孫二人とその母親の三人が一時に罹ってしまい、それも季節はずれの五月にとは、思いもよらないことだった。

季節はずれといえば、春なのに台風が来襲したり、雪が降ったりすることなどが思い浮かぶが、季節はずれのインフルエンザのお出ましには、これらの現象よりはるかに驚かされた。だが、考えてみれば地球のどこかは冬真っ盛りで、インフルエンザが流行していてもおかしくはない。また、その地域と往来する人がいれば、日本に病気を持ち帰ることも起こり得るはずだ。しかし季節はずれも、インフルエンザは御免蒙りたい。せいぜい果物が旬に外れて出てくることぐらいにとどめておいてほしいものである。

カーナビ

毎年六月の終わりごろは梅雨の真っ最中で、湿気の多さに体がだるくなり、気分が塞がってしまう。そこへ持ってきてカーナビが壊れてしまい、すっかり憂鬱になってしまった。カーナビは、地図案内機能は正常なのだが、オーディオ部分が故障してしまって、ラジオは聞けるがテレビが映らず、ＣＤとＤＶＤは、だんまりを決め込んでいる。このＣＤの故障も私を憂鬱にしている一因である。

今年も、福岡に博多祇園山笠を見に行く予定の日が近づいている。毎年妻も一緒に行くのだが、福岡までの四時間は居眠りばかりで、私は一人無言のまま運転することが多い。それで、居眠り防止を兼ねて、好きな音楽を流したり落語を聞いたりすることにしている。音楽ＣＤ一枚には、およそ八十分の内容が録音されている。一枚聞き終える度に、高速道路のサービスエリアで次の一枚と入れ替えると、自然と休憩も取れ、気分転換にもなって具合が良い。

カーナビでラジオだけは聞かれても、電波がまったく届かない山道などでは役に立たない。また、違うラジオ局の圏内に入ると、周波数の調整をしなければ聞かれないのもわずらわしい。そういうわけで、長時間運転に備えるため、自分の体力の低下も考え、清水の舞台から飛び降りる気持ちで、カーナビを交換することにした。

十年もの間、昔ながらのカーナビに親しんできた所為か、いまどきのものを見ると戸惑うことばかりだった。第一、店員の説明する言葉の意味が分からない。ブルートゥースハンズフリーのマルチポイント接続で、こんなことやあんなことが出来ますと言われても、何のことかと頭がこんがらかってくる。地図案内の基本的な操作は分かるのだが、自分の車の位置、駐車場、行きたい施設、テレビ番組で紹介された場所の検索などに携帯とつなぐと便利ですと説明されても、それに対応する携帯が必要ですと付け加えられても、果たして持っているスマートフォンでいいのかどうか、さっぱり分からない。

そのうち、ＳＤカードも使えますという説明があってやっと安心した。ＳＤカードなら、日頃カメラやパソコンの記憶媒体として使っているので、戸惑うことはなさそうだ。それに、昨日と今日だけの限定セールですが、と店員が廉売品を教えてくれた。これだと取り付け料の二万円を加えても、十万円を少し超える費用で済む。安売り大歓迎の私は、即刻取り付けを依頼した。

取り付け作業は、短時間で終わると思っていたら、今付いているカーナビをはずして、新しいものに取り替えるので、四時間ほどかかるという。その日も、午後から、介護施設に入居する母の食事介助をすることにしていたので、どうしようかと迷った。晴れていれば歩いてでもいいのだが、あいにくの雨である。それもひどい降りようなので、とても歩く気にはなれない。そのとき、この店の近くにバスセンターがあることを思い出し、そこからバスに乗ればいいのだと考えた。普段、車で移動することしか意識にはないのに、バスの利用を思いついた自分によく気付いたものだと、思わず笑ってしまった。

バスに乗るのは何年ぶりだろう、車は運転するのみで、乗せてもらうことなどほとんどないので、南宮崎駅から橘通を経由して宮崎駅に着くまでの景色を、座席に座ってゆったりと眺めるのは久しぶりの経験だった。しかし、定年以来家で過すことが多くなった現在、この道程をほとんど通行することのなくなった私には、街並みが変化しているのかどうかさえ分からずに、よそ者になったような寂しさを覚えた。

バスに乗ってしばらくすると、二十歳ぐらいの若い女性が乗り込み、私の二つ前の席に座った。すぐにハンドバッグから手鏡を取り出し、短い筆のようなものでなにやら額に描き物を始めた。かなりの熱心さで鏡をのぞいているのだが、そのハガキ大の鏡には幾筋ものヒビが走っている。これで顔を良く見ることができるのだろうかと思っていると、ポニーテールにした髪まで繕っている。なんと手馴れたことよと感心するばかりだった。

ヒビの入った鏡を持ち歩くなんて、よほど愛着があるからだろうが、もし欠けらが落ちてしまったら怪我をするのではないかと要らぬ心配をしているうちに、さっとハンドバッグに仕舞いこみ、乗った所から三つ目のバス停で降りていった。いくら雨が降っているからといって、それくらいの距離なら歩いてもいいだろうにと思ったが、大事な面接を控えていて、きりりとした顔で臨もうと、化粧直しの場所にバスを選んだのかも知れない。それにしても、私の理解を超える出来事だった。

母の介助を終えてカーナビの取り付けを依頼しておいた店まで行くと、作業は終わっていた。簡単な説明を受けて電源を入れると、テレビが映った。用意していたＣＤから音楽が流れ出した。これで福岡まで退屈せずに行けると、少し嬉しくなった。

雨の中を帰宅すると、庭に見知らぬ人がいる。雨合羽を着て自転車を押して歩いている。こんな雨降りの夕方にいったい誰だろうと思いながら車を停めると、その人が私のほうへ近付いてきた。七十代に見える女性だった。私が車から降りると、その女性が話しかけてきた。

「つかぬ事をお聞きしますが、お宅に藁は無いでしょうか」

「私はもう米を作っていませんので、藁はありません」

「そうですか。外から納屋があるように見えたので、藁をお持ちかも知れないと寄ってみました」

その女性は、藁が欲しい理由を喋り始めた。春先にマダーボール（小玉の西瓜）の苗を植えたところ、最近になって三個実をつけた。ＮＨＫの番組で、誰にも簡単に作れるからと紹介されていたので、そのとおりにやると順調に育ってきた。番組の講師は、実がなったら藁で苞をつくり、吊しながら育てるとうまくいくと話していたので、藁を探している。ところがどこへ行ったら藁が手に入るか分からないので、とにかくあてもないまま出掛けたら、ここに納屋を見つけたので、尋ねてみたのだというのである。

聞いていて段々呆れてきた。いまどき牛馬の飼料にする農家以外に、藁を保存する人がいったいどれくらいいると思っているのだろうか。そもそも、四、五十年前に稲を手刈りしていた頃ならともかく、今はコンバインで刈り取り、しかも五センチほどに切り刻んで田圃に撒いている。牛の飼料用には、四、五十センチと少し長めに刻み、それを専用の機械で掻き集めて丸く固め、外側をすべてビニールで覆って発酵するのを待って食べさせている。だから、藁として長い形のまま残すことはなくなっているのである。

そんな状況になっていること、この付近では米を作っているのは二軒しかないこと、しかも牛は飼っていないので、まず藁が残っていることはあり得ないと話した。それでも、テレビで講師の方は藁を使うのが一番とおっしゃいましたと、女性は藁に執着する。ＮＨＫの番組が、よほど藁が潤沢にある場所で制作されたため、講師はそれを使えば良いのだと話したのかも知れないが、現実には藁は手に入りにくいものとなっている。全国放送なのだから、講師も実情を踏まえておいてもらいたいものだ。

女性はなおも、どこか藁が手に入るところを知りませんかと言う。遠く離れた場所であれば米農家を何軒か知ってはいるが、藁を確実に残しているかどうか分からない。そこで思いついたのが、ホームセンターである。ほんの一握りほどに小分けした藁が、五、六束並んでいるのを見たことがある。しかし、今も売っているとは限らない。それよりも、すでに編んである菰のほうが扱いやすいと思い、それを薦めた。

女性は、菰がどんなものかをすぐには理解できないようだった。菰は茣蓙のようなものだが、藁で荒く編んでいるのでマダーボールを包みやすいと思うと教えてやると、それは良い、それにしますと喜んで自転車に乗り、夕暮れの中を帰っていった。その途端、菰ではなくネットの方がよかったのだと気付いた。ミカンとか、タマネギとかを入れたりするあのネットである。宮崎ではマンゴーの栽培によく使っている。マンゴーが完熟したときネットに留まり、地面に落下しないようにしている。西瓜とて同じことだ。なぜそんな簡単なことが思い浮かばなかったのだろうと情けなくなった。

なんだか疲れたなと思いながら家に入ると、手にはカーナビの取り扱い説明書を持ったままだった。そうだ、新しいカーナビに早く慣れようと、帰宅したらすぐに読んでおこうと思っていたのだ。それが、マダーボール事件に遭遇して、すっかり意識がどこかへ飛んでしまっていた。気を取り直して説明書を読んだが、マダーボールが頭の隅にこびりついていて、その日はあまり読み進むことができなかった。

床下のない家

五月の初めごろ、我が家の近くで重機のゴーゴーというエンジン音が聞こえてきた。それと共に、バリバリと何かが壊れるような音もしている。それが朝から夕方まで続き、翌々日になってやっと静かになった。それから二、三日して、音のしていたあたりを歩いていると、更地になっているところがあった。建築されて三十年位しか経っていない家が壊されていたのだ。

誰が住んでいるのか、それまで気にも留めずにいたのだが、家がなくなってしまうと、それほど傷んでいるようには見えなかったのに何故壊したのだろうとか、移転を余儀なくされる何らかの事情があったのだろうか、などといろいろな考えが浮かんできた。

それから半月もしないうちに、更地の中央に二メートルほどの竹が四本立てられ、竹に渡された縄に御幣が下げられていた。地鎮祭が行われたようだ。

程なく遣形が作られた。遣形の杭や張られた水糸を見ると、これまで敷地一杯だった建坪が、ほんの少し小さくなるようである。家を狭くしても構わないのだろうか。以前住んでいた人の建替か、それとも新たな人が建てるのか分からないが、とにかく新築されることになったようだ。

基礎工事が始まり、ユンボのエンジン音が響いてきた。基礎コンクリートを敷設するために床掘りをしているようだ。その翌日にはコンクリートを流す音が聞こえてきた。随分工事の進み具合が早い。

それから二、三日して、工事現場を見に行ってみた。工事に携わる人が十人位いて、レベル（水準器）を使いながら何かをやっている。それは、あらかじめコンクリートで作られた基礎を組み合わせているのだった。基礎は、高さ五十センチ、幅二十センチ、長さ一メートルから二メートルほどのものがいくつも準備されていて、それらを部屋の間取りどおりに組み合わせているようだ。基礎同士はボルトでつなぎ、レベルで基礎の上っ面を揃え、基礎全体の水平を保つようにしている。

基礎は、以前は布基礎といって、床掘りをした部分に、部屋の間取りの形に作った型枠にコンクリートを流し込んでいた。今ではベタ基礎といって地盤全体をコンクリートで覆う方法が取られている。布基礎よりも地震や不同沈下に強いと言われ、三十年前位からほとんどの家にこの方法が採られている。

ところが、この家はベタ基礎ではないようだ。昔の布基礎であれば、掘りあげた余分な土は型枠を作る前に排除しておくのが一般的であるが、床掘りした土は、基礎に囲まれた場所に残されたままである。基礎が出来上がった後から取り除くのは、厄介なことだろうにと、他人事ながら気になってきた。

そもそも基礎は、立ち上げる前に床掘りの場所に鉄筋を組み立てて、地盤と基礎のコンクリートがなじむような作り方をするものなのだ。ただこの家のように既製品の基礎を地盤に乗せただけでは強度が足りないはずだ。しかし、よく見ると、基礎の接地面には鉄筋が井桁に突き出ている。つまり、基礎と地盤との間に十センチほどの空間ができているのである。この部分に型枠を作り、コンクリートを流し込んで親和させようということらしい。

また二、三日して行ってみると、基礎下部の空間はすっかりコンクリートで埋められ、地盤とつながっていた。形はすっかり、普段見かける建築現場になっているが、相変わらず土はそのままに残されている。いつ外に出すのだろうと気になって仕方がない。そこへ、犬の散歩に近所のお爺さんがやってきた。この人は、若いときに基礎を作る工事をやっていたことのある人である。

「変わった作り方をする家ですね。こんなのは初めて見ました」と声を掛けると「そうよなあ。わしも毎日散歩で通るけど、妙なやり方をするもんじゃと、思うちょっとよ」と関心がある様子で、「こんげなやり方は、わしも初めて見るこっちゃから、この先どんげなるか、ようと見ちょらにゃいかんな」と言いながら、犬の散歩に戻っていった。

そしてその翌日のことだった。ザザザーッと何かがすべる音がした。今度は何が始まったのかと、その家に行ってみると、ダンプトラックが運んできた砂利で、基礎の内側を埋めている。つまり、本来ならば床下となる部分を砂利で埋めていっているのである。

だから床掘りした土を、そのままにしていたのだと合点がいった。それに、この家の施工業者が、現場を囲っている柵の看板に「地震に無傷」としているのは、これだけの地盤固めをするので大丈夫だということなのだろう。

しかし、床下はどうなるのだろう。このままでは床下のない家になってしまう。そう思っていると、基礎部分を埋め尽くした砂利を水平に均し、湿気防止のビニールを敷いて、その上に鉄筋を組んでいった。組み終わるとすぐにコンクリートが打設され、一面平らな床と化した。

そうか、ここから再び基礎を立ち上げていくのだなと思った。ところが、二、三日してこの敷地近くの道路に、北九州ナンバーの十トントラックが停まった。以前基礎の既製品を運んで来たときと同様、高さ五十センチ、幅二十センチ、長さ二・五メートルほどのコンクリート製品を載せている。そして、そのコンクリート製品をクレーンで吊り上げながら、組み立て始めた。今度は縦長に組んでいく。基礎ではなくどうやら部屋を作っていくようだ。

コンクリート製品の外側には模様が施してあり、そのまま外壁となるのだろう。クレーンを使って見る間に組みあげていくのだが、灰色の物体で囲われていくその家は、まるでヨーロッパ中世の石の城に作られた牢屋を思い起こさせ、ところどころに窓となる空間があるのだが、そこから助けを求める声が聞こえてきそうだった。

これでこの家は床下が造られないことがはっきりした。従来日本の家は、高温多湿の夏に備えて床を高くしてきた。床下を通り抜ける風で、湿気を少しでも取り除こうとしてきたのである。この家では、湿気にどう対処しようというのだろう。勿論有効な対策が考えられてはいるのだろうが、初めて見る工法にただ驚くばかりである。

二年ほど前のことだが、この家のすぐ近くに、こぢんまりとした二階建ての家が建てられたときにも驚いたことがある。それまでの家が取り壊され、基礎が築かれた。そこに何台ものトラックで運び込まれたものは、高さ二メートル幅七メートルほどの直方体の箱を、縦に一メートルから二メートルの長さに切ったような物体であった。その物体をクレーンで基礎の上に並べてつないでいくと、一日で一階部分が出来上がった。その物体には、二階への階段や風呂場も付いている。工場で製作し、現場では組み立てるだけにして運んでくるようだ。一階を作り上げた翌日には二階が出来上がり、僅か二日で躯体が完成した。こんな方法もあるのだなと、ビックリしながら眺めた二日間だった。

二日で出来上がる家や床下のない家など、現代においてはいろいろな工法が編み出されているのだろうが、昔ながらの木組みの家にしか住んだことのない私としては、どうもなじむことが出来ない。

床下がなかったり、窓が少なかったりしても、エアコンなどの機器で湿気は来ないかもしれない。夏の暑さも乗り切れる工夫がしてあるのかもしれない。しかし三十年前に、北欧の高気密の家造りを導入したものの、湿気の多い日本の夏には向かなかった例があるように、風土を無視した建築では永くは続かないような気がしている。

その地域に考えられてきた方法は、その地域にあっているのである。いくら建築材や機器類が進歩したからといって、風土に抗ってまでも新方式の家を建てることはないと思うが、その答えは何十年か先にしか分からないことであろう。

さて、件の床下のない家だが、夏の真っ盛りを迎えた今は、外壁や屋上もすっかり出来上がり、二階までの足場全体がネットで覆いつくされ、中の様子がまったく窺えなくなった。先日通りすがりに玄関ドアの隙間から覗いてみると、天井を張ったり電気の配線をしたりと内装工事をやっているようだった。

そこへ、黒っぽいスーツを着た三人の男性がやってきて、なにやら話を始めた。建設会社の社員のようである。話の内容は分からないが、その身振りから工事の進み具合を点検している風に見えた。

やがて家は完成して、施主に引き渡されるときが来るのだろうが、今のところ家の中でどんな工事が進められているのかまったく分からない。従って、床下のない家とはどんなものかを知る由もない。

しかし、この家でどんな住まい方をするのか、興味はますます強くなる一方である。家が完成して人が住み始めたら、真っ先に知り合いになり、住み心地を聞き出してみたいと考えている。

山法師

「暑いですね」「本当に、いつまで続くんでしょう」の挨拶があちこちで交わされている。例年よりも早い梅雨明けとなった今年の夏は、カンカン、じりじりと太陽が照りつけ、体が暑さに慣れる暇のないうちに、連日気温三十五度を超える猛暑となっている。

子ども達は夏休みに入ったが、外で遊ぶ気配も見られない。無理もない。テレビでは、毎日のように熱中症に気を付けましょうと放送し、今日は全国で何百人かが熱中症の疑いで病院へ搬送されましたと伝えているのである。いくら元気の良い子どもとて、この暑さにはかなわない。

暑いのに加えて雨がまったく降らない。サボテンやアロエのように、普段あまり水遣りを気にしなくてもよいものも、何となく葉がぐったりしているようで、毎朝鉢に水をたっぷり掛けている。それでも翌朝は土が乾燥してしまう。鉢は日陰に置いているのだが、昼間の熱風は小さな鉢の水分など瞬く間に奪ってしまうものと見える。

小学一年生の孫が、夏休みに観察するというので植えてやった二十本のアサガオも、プランターの土が干上がってしまうので、こちらは夕方に水遣りをしている。西日の射す場所に置いている所為か、元気なのは水を掛けた一瞬だけで、日中は葉がだらりと下を向き、しなびた姿をさらしている。

畑に植えたゴーヤも、暑さには強いはずなのに、水を欲しがって所々葉を黄色くさせている。地植えのものは毎日の水遣りは必要ないので、例年週に一度くらいで済んでいたのだが、流石にこの日照りではそうもいかなくて、蔓の様子を見ながらの夕方の水遣りが欠かせない。

七月下旬になって、宮崎市で三十八度近くまで上がり、本日の国内最高気温であると報道されたのには驚いた。これまで、最高気温が出るのは埼玉県熊谷市などの、本州の中央部が多かった。宮崎は山林が多い上に海に面しているので、そうまで気温は上がらないと、これまでの経験から私は考えていた。しかし、海に近い宮崎空港での測定結果がその日の最高となっていたのだった。

それから数日後、今度は西米良村で三十八度を越える気温となった。村のほとんどを山林が占める地域である。海と山林があれば、気温はさほど上がらないはずだというこれまでに自分の常識としていたものが、いとも簡単に崩れてしまった。

これまで、西米良村で気温の高いことが話題となったことは記憶にない。だが、七月以降西米良村の最高気温は、八月中旬までに五回も日本で一番を記録したとの報道があった。新聞は地元のニュースとして、「日本一暑い村」になったとの見出しを掲げながら、街中とは違って朝夕はクーラーは要らないし熱帯夜もないので、昼間の気温は高くなっても一日を通してみると、都会よりはうんと涼しいと書いている。それでも、熱中症を心配して観光を予定していた人からのキャンセルが相次いだということで、とんだ猛暑日本一であったようだ。

我が家にも猛暑は押し寄せてきた。暑い日が続いた県内は、どこも同じだっただろうが、強い日差しにツツジの葉がしおれかかっている。もともと浅く植え込んでいるため、乾燥には弱い。それに連日の日照りである。これは水をたっぷり掛けてやる必要がある。あわてて蛇口からホースを引き、ツツジの根元に筒先を置いて水を掛け始めた。

やれやれこれでツツジも大丈夫と安心して家に入ろうとした。そのとき妻から「こっちの木の方に水を掛けてよ」と言われて、ひょいとすぐそばの山法師を見ると、全体に葉が茶色くなっている。葉がしおれてきたツツジどころの騒ぎではない。下手をするとこの木は枯れてしまう。すぐにホースの筒先を山法師の根元へと持って行き、蛇口を全開にした。

夕暮れの中で蚊に刺されながら、しばらく山法師の根元から地面に吸い込まれていく水を眺めていたが、よほど乾燥していたと見えて、水溜まりを作ることなくどんどん地下へと入っていく。これでは一時間やそこらではとうてい終わらないと考え、夕食が終わった頃に止めることにして、水を出しっぱなしにしたまま家に入った。

翌朝六時ごろだった。近所の奥さんから、「散歩していて見つけたけど、お宅から道路に水が流れてますよ」と起こされた。何を言われているのかすぐには分からなかったが、とにかく水道の漏水であればすぐに市役所に連絡しなくてはと、家の前の道路に出てみると、なんとブロック塀のどこからか染み出したと思われる水が、歩道の幅いっぱいに水溜まりを作っている。

すぐに、昨日山法師への水遣りをしたまま、止め忘れていたことを思い出した。我が家の宅地は、道路よりも五十センチ程高いので、土留めとしてブロック塀をしているのだが、その塀の一番下まで水が浸透し、僅かな隙間から漏れ出したようだ。妻から、「昨夜お酒を飲みすぎて、水を止めるのを忘れたでしょう」と責められたが、言い訳はできなかった。

この山法師は、妻が勤めを辞めた十数年前に、退職の記念としてその年の春の植木市で求めたものである。白く可憐な花を付けるこの木が好きだからと、同じミズキ科の赤い花の咲くハナミズキと対にして植えようと計画していた。山法師もハナミズキも高さが三メートルにも達していたし、根鉢も大きくて私の手に負えそうになかったので、購入した店の植木職人に植樹を依頼した。職人は、「今年は咲かないかも知れませんが、来年は間違いなく咲きますよ」と庭に掘った穴に、クレーンで吊り上げた山法師を下ろしながら太鼓判を押してくれた。

植木職人の言葉通り、その年は咲かなかった。しかし、翌年も咲かなかった。妻は落胆し、その年の秋の植木市で、購入した店に行き「間違いなく咲くと言われたけど、二年咲いていませんがどうしたのでしょう」と尋ねた。

彼の職人は、「おかしいですね。咲くはずですが、管理はどうしてます」と責任をこちらに持ってくる。一緒に行った私が、「ちゃんと水遣りも施肥もしてるよ。ただ、あの木は株立ちなので、その影響があるのかな」と言うと、職人は、「それですよ。株立ちだから少し遅れてますが、必ず咲きます」と調子を合わせてくる。妻は、そうですかと言ったきり黙ってしまった。

帰りの車の中で妻は、「なんだか、あの人はいい加減よね。私の記念樹なのに」と不満顔である。私が、「いつかは咲くだろうから、それまで待つしかないよ」と言えば、「あそこは土が悪いのかも知れない。植え穴を掘ったときにやせたような土だったから」と土壌の所為にし始めた。確かに山法師を植えた場所は、竹やぶを切り開いて山土で埋め戻したので、養分はほとんどない。しかし、数年にわたって堆肥を入れたり土壌改良剤を撒いたりしてきたので、野菜作りならともかく、木を植えるには支障はないはずである。

花の咲かない原因は分からないまま、それからは緑の葉が大いに茂るばかりという状態が五年続いた。それで、もうこの木には花への期待は出来ないものとあきらめてしまっていた。

山法師の木を植えて八年目のこと、家を建て直すのに合わせて、庭を少しやりかえた。そのとき庭師の薦めで、山法師を別の場所に移し替えた。すると、それがよかったのかどうかは分からないが、翌年の春、小さな花を四、五輪ほど付けた。妻は喜んだ。そして、「やっぱり土が悪かったのよ」と以前の話を蒸し返す。私は、「うん、そうだね」とだけ答えておいた。

それほど大事な山法師である。前日道路に流れ出るほどの水を掛けながらも、妻はその日の夕方にはホースを引っ張り出していた。そうやって水を掛け続けて五、六日ほどたったある日の夕方「葉が緑色になってきた。助かるかも知れない」と妻の弾んだ声がした。庭に出てみると、なるほど全体が茶色だった葉っぱが、部分的ではあるが緑色になっている。うまくいけば枯れずに済むかも知れない。

妻はその後も水遣りを欠かさない。よくしたもので、緑は少しずつ回復している。「やっぱり、道路に出るくらいの水を掛けたのが良かったんだよ」と私は自分のうっかりを帳消しにしようと妻に言ったが、「私が早く気付いたから助かったのよ」と、にべもない。ともあれ妻の大切な木が無事に生き残るに越したことはない。そう思って、私も少しだけだが、水遣りの手伝いをしている。

コトルくんとコラスちゃん

八月も末になると、さすがに猛暑も少し和らいできた。暑いのが苦手なので、ずっと家にこもっていた私だが、たまには遠出をしようという気分になり、妻と二人綾町へ出掛けた。別に大した目的があってのことではなく、綾町にある酒造メーカーが、焼酎の新しい銘柄を売り出していることを雑誌で読んでいたので、買ってみようと思ったからである。

綾町へ着いたのが丁度お昼だったので、食事をしようと、このメーカーが設けている施設のレストランへ入った。ここは開店した当初肉類料理一色だったので、肉や脂っこいものをほとんど食べない妻に合わせて敬遠してきたが、今は和食中心の料理を出しているので、私達には利用しやすくなっている。休日には団体客や家族連れなどで混み合うが、今日は平日なのでお客は疎らである。おかげで、眺めの良い席が取れた。何を食べるかあれこれ考えるのも面倒なので、二人とも和風定食を注文した。

しばらくたって、料理が運ばれてきた。とちょうどそのとき、かなり激しい雨が降り始めた。音はあまり聞こえないが、窓ガラス越しに大粒の雨が降っているのが分かる。家にいるときは、窓が開いていて降り込みはしないだろうか、洗濯物を取り込まなくてはなどと気が揉めるが、ガラス張りの建物の中だと気持ちがゆったりするのか、雨が激しかろうと雷が鳴ろうと少しも気にならない。むしろ、レストランの庭の木々や近くの山の木立に降る雨を見ていると、夏の暑さを洗い流してくれるように感じられ、もっと降ってくれてもいいのにとさえ思ったことだった。

食事を終え、レジで支払いをしているとき、カウンターに手のひらに入るくらいの、小さな人形を売っているのが目に留まった。男女対になっているようで、男の子にコトルくん女の子にコラスちゃんと名前がついている。名前の意味を知りたいと、レジの女性に聞いてみた。

「この人形の『コトル』と『コラス』という名前は、どうやって付けたのですか」

「この人形は、ここのキャラクターとして作られたものでございます」

「キャラクターだというのは分かります。このキャラクターに付けられた名前の由来を知りたいのです」

「宮崎の方言で、どちらも、来られるという意味です。この綾の地に来てくださるようにと名付けられました」

この説明で、大抵の人はなるほど宮崎の方言ではこう言うのだと納得するだろうが、へそ曲がりの私はこのくらいでは引き下がらない。

「コラスというのは、熊本や福岡あたりで『来られる』という意味の使い方をしているのを知っているので分かりますが、コトルは来られるということではないと思いますが」

「どちらも、そういう意味だと聞いております」

そう言って、女性は厨房の方へと歩き去った。

こんなことを聞く客は私ぐらいかもしれない。しかし、どうにもレジの女性の言った『コトルは来るという意味』には納得できない。妻が、お手洗いに行ってくるというので、そのままレジの横で待っていると、しばらくして先ほどの女性がやってきた。

「コトルは高岡町の方言で、話をするという意味だそうです」

そう言われても、すぐには理解できなかったが、高岡町では『語る』が『コトル』に変化しているとすれば、話をするということになるかも知れない。それに、宮崎の方言で『コトカス』という『コトル』に似た言葉があって、『声を掛ける』意味に使うので、『コトル』が『話をする』になるのは十分考えられる。

意味を知らずに曖昧なまま使ってしまうのはよくあることで、最近流行のスマートフォンがそうである。キーボード付の携帯電話端末のことだが、ほとんどの人は正しく理解していないのではなかろうか。『スマホ』と略されてしまうとなおさら分からなくなる。

最近は外国の言葉をそのまま使い、昔のように『ベースボール』を『野球』と日本語に置き換えて使うことがなくなってしまったので、意味を正しく覚えられない言葉もある。その一つが『メタボ』である。正式にはメタボリックシンドロームといい、内臓脂肪症候群のことだが、太っている上に血糖値や中性脂肪の値が高めの場合を指すものだ。それなのに、ただ太っている人を見ただけで『メタボ』と決め付けているようである。私など、妻から毎日のようにこう言われているので、「見かけだけで判断するな、健康診査の値は悪くない」と小さな声で反論している。

また、『青写真』という言葉は「計画」とか「未来図」といった意味に使われているが、もともとは複製図であって、青地に白線または白地に青線の、主に建築や土木の設計図面に使われていた。設計図だから「計画」という言葉がでてくるのである。私は三、四十年前に、『青焼き』と言われていたこの方法で、実際にコピーをしていたのでよく知っているが、今は大半の人が元の意味など考えずに使っているようだ。

本来の意味を知らずとも、日常生活に差し障りはないが、正しく使うに越したことはない。件のレジの女性も、これからは『コトル』の意味をお客に尋ねられたとき、きちんと答えることが出来るだろう。

私が尋ねたことがきっかけで、あいまいだったことがはっきりしたのではないかと、一人悦に入りながら、その日の目的である新銘柄の焼酎を買い求めた。いつもより晩酌が進んだことは言うまでもない。

梨

私は、日頃ご無沙汰している知人数名に、綾町で生産されている梨「豊水」を十数年送り続けている。いささかマンネリになってしまっているが、そのついでに、埼玉と福岡に住んでいる次男と長女にも送ってやっている。八月下旬から九月上旬には、綾町に出掛けて、五キロ詰めを十箱求めているので、生産者のおじさんともすっかり馴染みになっている。例年八月下旬には、いつごろ収穫できるかと電話で確認し、箱詰めを準備してもらうことにしている。

ところが、今年は梨の出来が悪くて、とても贈答用には向かない、問い合わせてきた人すべてに断っているところだという。この夏の暑さと日照りに、梨がやられてしまったのかと尋ねてみた。するとおじさんは、「今年はワシの体調が悪くてなあ、ろくに梨の世話がでけんかったつよ。もうワシも年じゃから体が言うこつをきかんごつなってしもうた」と、体の不調の所為で、うまく梨が育たなかったことを残念がっている。

二年前にも同じことがあって、梨が送れず他の果物に替えたことがある。やはり八十に手の届く年になって、体の衰えが見えてきたのかも知れない。妻に、今年の梨はだめだったそうだと伝えると、「そうよね。今年は暑かったから、その所為で梨の出来も悪かったのよ」と私と同じことを考えている。いや、本人の体調が悪くて梨の管理ができなかったらしいと話すと、「やっぱり年だから、暑さが応えるのよ」と、あくまで暑さの所為にする。

毎年梨を送っているので、知人はともかく、私の子ども達はこの時期には当然梨が送られてくるものと思っている。よそから移入されているものはたくさんあるのだが、私としては、地元の、それも減農薬で有機栽培のものを送りたいと思ってきた。それが、送る側である私の安心にもつながっている。

これまでそんな考えの下に、綾町の梨にこだわってきた。今年もなんとしても綾の梨を送ってやりたい。だが、このおじさんの他に梨を購入したことはない。どうすれば良いのだろう。綾町まで行けば何か手掛かりが摑めるだろうかと思案しているうちに、ふと役場で聞けば分かるのではないかと思いついた。農業関係の部署なら農家とも顔見知りであろうし、もしかしたら紹介してくれるかも知れないなどと、虫の良いことを考えながら出掛けていった。

しかし、こんな個人的なことを役場に相談してもいいのかなという思いが一瞬頭をよぎったので、先ず役場に隣接して、町内の農産物などを販売している「本物センター」というところを覗いてみることにした。ところが、梨は三個入りの袋が五つほど並んでいるだけで、これでは送るには数が足りない。店の人に聞いてみたが、その日に誰がどれほどの量を持ってくるか分からないし、どれだけ生産しているかも知らないので、生産者を紹介など出来ないということであった。

それで、ここを諦めて立ち去ろうとしたとき、綾町農協のマークをつけた軽自動車が、私の前に止まった。見ると、箱詰めの梨を運んできている。もしかして、探していた梨ではないかと運転していた人に聞いてみると、梨は「新高」だという。しかも求める五キロ詰めではなく二キロ詰めだった。

仕方がない。最後の手段と思って役場に向かった。受付で農林関係の部署を尋ねると、この庁舎ではなくて別の場所になりますと、十年以上も使っているのではないかと思われる、茶色に変色した地図を見せて、「すぐ近くです。役場を出て右の方向へ行き、二つ目の信号を左折すれば看板が出ています」と教えてくれた。地図ではすぐ近くに見えたが、距離は七、八百メートルもあって、歩いていけば結構時間が掛かるのではないかと思われた。

それらしい建物を見つけて駐車場へ入ると、乗用車ばかりではなく、トラクターやトラックが数台止めてあって、なんだか土木業者の作業場みたいな感じがした。教えられたのは、「農林振興課」だったが、この建物には、「農業委員会」と「土壌改善センター」と二つの看板が掲げてあり、「農林振興課」の表示がない。果たしてここがそうなのか不安になってきた。ドアを開けて入ってみると、受付のような窓があって、その上に「事務所」とだけ書いた紙が貼ってある。

うまい具合に中年の女性が部屋から出てきたので、「農林振興課を尋ねてきているのですが、ここでいいのでしょうか」と尋ねると、急ぎの仕事を抱えているようで、そうですすと答えて行ってしまった。余儀なく窓から部屋の中を覗いていたら、一人と目が合い、その人が出てきてくれた。訳を話して、どなたか生産者を紹介してもらえたらありがたいというと、ちょっと待ってくださいと「事務所」へ入って行った。

その人は、しばらくどこかへ電話を掛けていたが、私のところへ来て、生産者と連絡がつきましたのでそちらで話をしてくださいと言う。場所を教えてもらえれば、そこへ行きますと私が言えば、今は家ではなく畑にいるので、分かりづらいだろうから案内します、付いてきてくださいと、自分の車にさっさと乗り込んだ。私は固辞したのだが、結局目的地までその人に先導されることになってしまった。

紹介された生産者は、綾町果樹振興協議会の会長をしていて、経営規模も大きいということである。この人の話では、今年は「豊水」の出来が良く、例年より早く収穫が終わってしまった、次は「新高」の時期だが、これは九月中旬にならないと美味しくならないし、少しでも味の良いものを提供したいので、それまで収穫はできないと言う。私は、どうしても梨を送りたいし、その頃まで待つからと私の電話番号をメモ書きしてその人に渡し、帰路に着いた。それにしても、あの役場職員の親切さや、生産者の梨への想いには感心するばかりだった。

さて、九月の中旬となり、生産者から電話があった。これで今年も梨を送ってやれると、ほっとした気持ちで綾町に向かったのだが、受け取り先のその生産者の家は、今年体調を崩して、良い梨を作ることが叶わなかったおじさんの三軒隣だと聞いていた。おじさんの家の脇を通るとき、何か後ろめたいことをしているような心持だった。売るべき梨がないと断られたので、別の人から買うだけのことだ、こちらが心変わりしたのではないと思いながらも、おじさんと顔を合わせることがなければ良いと念じていた。だから、準備してもらっていた十箱を受け取ると早々にその生産者の家を後にした。

今年の梨送りはなんとか終わったが、来年おじさんが立派に梨を育て上げたときは、どうしたら良いのだろう。まさか、半分ずつにするということも出来ないだろうし、どうしたら両者の顔が立つように出来るのか、一年先のことではあるが、考えると今から気が重い。

柿の渋抜き

今年は、真夏を過ぎてもどうしてこう暑いのだろうと、家に閉じこもってばかりいたが、気付いたら庭の柿の実が色づき始めている。もう九月も終わり近いので、柿の実が熟れてもおかしくはない。しかし、この日中の暑さからは、秋がやってこないのではないかとさえ思えるほどだ。小さな庭なのだが、梅雨時の梅ちぎりに始まって、ヤマモモからブルーベリーの収穫と、夏まであわただしく過ごしている。

夏の暑い盛りを、なんとなくだらだらと暮しているうちに、朝夕の気温も少し下がって、過ごしやすく、ほっとできる季節になる。しかし、よくしたもので今度は柿が熟れ、これをちぎる作業が待っている。我が家の、樹齢百年は超している柿の木は、実の生りが年々少なくなってはいるが、それでも毎年百個ほどは収穫できている。

ただ、この柿は渋柿なので、食べるためにはまず渋抜きをしなくてはならない。渋抜きの方法は、家庭により、人によって様々だろうが、我が家の場合は祖母、母、私と三代に亘って違う方法を採っている。

六十年も前にやっていた祖母の方法は、「湯抜き」である。人によっては「樽抜き」とも言った。湯抜きには、まだ熟れていない青い柿を使う。四斗樽の底に五センチほどの厚さに藁を敷き詰め、内側には藁を立ててならべ、隙間が無いようにしておく。次に竈に薪で火を起こし、一斗ばかり入る大きな釜に湯を沸かし始める。その間に、捥いでおいた柿を、樽の八分目ほどまで詰める。湯が沸いたら柿の入った樽へ、ひたひたになるまで注ぐ。さらに、薪を燃やして出た灰を十能に二杯ばかり樽に入れる。柿の上から藁を隙間無く被せ、きっちりと蓋をする。二、三日すると、実は青く硬いままに、細く黒い筋の入った所謂練柿が出来上がる。これは、カリッとした食感の好きな人にお勧めの方法である。幼かった私は、柿を食べられる喜びはあったものの、お湯を樽に注ぐとき柿が煮えてしまうのではないかと心配したものだった。

四十年ほど前からは、母が焼酎で渋を抜いていた。これは「湯抜き」よりも簡単で、柿の実のヘタの部分を焼酎に浸して、丈夫なビニールの袋に入れて封をしておくだけでよい。そのとき、果梗と呼ばれる、実から枝につながる部分をペンチで引き抜いておくと早く渋が抜けるようだ。ただ、これは力仕事なので、母はよく私にやらせていた。そのうち、どこからか聞いてきたのだろう、仕舞風呂に柿を袋ごと浸けるようになった。翌日風呂を洗うときには取り出して洗い場の隅に置いておくので、熟柿のすえた臭いが風呂場にこもり、家族中が閉口した。それで二年続けただけで風呂に浸けるのはやめにした。代わりに、柿の袋の中にりんごを一個入れるようになった。りんごを入れると、渋が抜ける時間が短縮されると、どこかで聞いてきたようだ。しかし、焼酎だけの場合でも柿の実は柔らかくなりがちなので、りんごを加えた時は、油断をすると柿の皮が破れてしまうほどに、実がドロドロに柔くなりがちなのが欠点だった。

私は、今は専ら簡単に出来るドライアイスでの渋抜きをやっている。二十年前から、焼酎あるいはブランデー、またりんごといろいろ試してきたが、結局行き着いたところはドライアイスである。十年前に炭酸ガスで柿の渋が抜けることを知り、炭酸ガスの発生にはドライアイスが一番簡便だと聞いてからは、毎年この方法である。柿の実を捥いだら、四五リットル入りの透明ビニール袋に半分まで詰め、新聞紙で包んだドライアイス五百グラムを入れて袋をしっかり閉じる。それだけで三、四日後には渋抜きが完成する。しかも、焼酎のときのような臭いがないのが良い。

ところが、この方法でも気をつけるべき点が幾つかある。私は、柿をちぎり、袋に詰め込んでからドライアイスの購入に行く。先にドライアイスを買ってしまうとどんどん気化して、瞬く間に消え失せてしまうからだ。ドライアイスを袋に入れると、すぐに袋は炭酸ガスが充満してパンパンに膨れる。それで、袋が破裂しないよう三枚重ねにしている。

また、この方法でも、よく熟れた柿だと早く柔らかくなって日持ちがしないので、少し青いがお尻の部分が熟れ始めているようなものにすると、硬くて、冷蔵庫であれば二週間以上持つ柿が出来上がる。

今年は、柿ちぎりが去年より遅くなってしまった。色づき始めたのは九月半ば過ぎから気付いていたし、カラスやムクドリが実をつつきに来ているのも分かっていた。妻に、「まだ始めないの。だいぶ熟れてるよ」と促されても、なかなかその気になれなかった。時期は来ているのだが、何しろ暑いのだ。十月に入って最初の日曜日、二、三日前から朝夕の気温が下がってきたので、ようやく取り掛かることにしたのだった。

　鋏や籠を準備していると、孫二人が「おじいちゃん、何してるの」とやってきた。「柿をちぎるんだよ」と言うと、「やりたい、やりたい」と付いてきた。邪魔だとも言えず、枝の垂れ下がっているところの柿を鋏で切らせようとしたが、体を抱えないと届かない。二人を交互に抱きかかえているうちに腰が痛くなってしまった。そこで、「これを食べたら、向こうで遊びなさい」とトロトロの熟柿を剝いてやると、手で触れないといって口を開けて待っている。口元へ持っていくとまるで鳥がついばむようにして、口の周りを柿だらけにしながら、歓声を上げて二人で三個も平らげた。あとでこのことを妻に話すと、「柿は体が冷えるから、子どもにはそんなにやってはだめ。気を付けなくちゃ」と言われ、楽しい思いが半減してしまった。

　渋抜きが終わると、すぐに埼玉の次男と福岡の長女に送った。次男は硬い柿が好きなので、まだ青みの残るものを選んで箱詰めした。ほどなくして、両方の家からお礼の電話があった。埼玉からは幼稚園に通う五歳の孫が「おじいちゃん、柿ありがとう。もうすぐ俺の誕生日だけど、プレゼントはポケモンのポレッタラボがいい」と催促を兼ねて電話を掛けてきた。福岡からは三歳の孫が「おじいちゃん、柿おいしかったよ」と電話してきたので、「柿、好きなのか」と聞くと、「うん、宅急便大好き」と笑わせてくれた。その後柿好きの知人などにお裾分けし、今年の柿の渋抜きは無事終了した。

技

今年は伊勢神宮の式年遷宮が行われ、これまでのお宮のすぐ隣の土地へ新宮を建て、調度品なども新調し、古式のままにご神体を遷したとテレビで報じていた。二十年に一度繰り返されてきた大祭で、千三百年にわたって続けられているという。もっとも、式は夜の暗闇の中で行われたので、テレビのニュースを見ていても、その様子をつぶさに見ることはできなかった。参列者は三千人余だったらしいが、その人たちも暗い中に椅子に掛けているだけなので、やはり詳細は分からず、ただ想像をするだけであったと、テレビのインタビューを受けた人が語っていた。

それにしても、造営して二十年で新しいものに建て替えるのは、私にはあまりにももったいないように思える。建築材にはヒノキを使い、屋根は萱で葺く。ヒノキは樹齢二、三十年の若い木では太さが足りないだろうし、萱にしても今は入手が難しくなったと聞いている。広い伊勢神宮の敷地には、料木として賄えるだけのヒノキが潤沢にあるのかも知れないが、二十年毎に伐りだしていては、やがて尽き果てる日が来ないとも限らない。木も限りある資源ととらえて、遷宮の間隔をもう少し延ばしてもいいのではないかと考えている。

二十年に一度ということには、別の狙いがあるとの考えもあるらしい。技術の伝承である。新宮造営に携わった人が、そのときは若くて先輩達の技を教え込まれるだけであったとしても、そこで吸収したものは、やがて自分が棟梁として働くための糧になり、次の造営では指導者として腕を振るうことが出来る。技術を繋ぐに適した期間が二十年であるという。これは法隆寺を修理し、薬師寺を再建した西岡常一棟梁の説だったと記憶している。

この二十年説には、また別の意味で納得できる面がある。伊勢神宮が建立された千三百年前、平均寿命は五十歳に満たなかったと思われる。短い人生のうちに、苦労して一人前になり、やがて棟梁の地位を得て、さて弟子に大切な技を伝えようというときには、人生の終焉が間近に迫っていたのではないだろうか。だから、二十年に一度の遷宮という大きな仕事が来れば、それは恰好の、技を伝承する機会になったのではないかと考えられる。しかも、新宮の建築は十年掛かりだということなので、その間にじっくり技を磨くことが出来たことだろうと思う。

二十年が技を伝承するのに適した間隔であるというのは、式年遷宮を見てきた人達が後で考えた話かもしれないが、そこに着目したのは、技を大切にしたい心の表れであると言えるのではないだろうか。

これとは少し違うが、狂言の世界では芸の伝承には父から子ではなく、祖父から孫という決まりがあるという。孫が三、四歳になると祖父が基本を繰り返し教えていく。その際、孫が泣こうがどうしようがお構いなしに、厳しく稽古させる。芸能は変な癖が付かないうちに覚えさせる必要があってこうするのだと言われているが、そこには、狂言を伝えるには式年遷宮の二十年を超える時間を要するのだという考えがあるのかもしれない。

それに比べると、私の周りの技の伝承はいい加減なものである。卑近な例が独楽回しで、近くの公民館を覗いてみたときのこと、いまどきの子どもは、ただ地面で回すのさえうまく出来ない。そもそも紐の巻き方を知らない子が多い。独楽に巻きつけるとき、心棒にはきつく、徐々にゆるく巻くのがコツなのに、最後まで力いっぱい巻いていくので、すぐに紐がグズグズになって独楽から外れてしまう。私たちが小さい頃には、誰に習わなくてもできたものだが、今は教えても覚えられない。私が独楽を手のひらに載せて回して見せたら、スゴーイと言って真似し始めたが、地面でさえ回せない子にはとても無理だった。私は図に乗って綱渡りまでやって見せたら、子ども達は溜息をついていた。遊びが変化してきているので、一概には言えないが、総じて手先を使う遊びが少なくなり、器用さを養う機会をなくしているように思われる。

鎌の使い方もそうである。テレビで見たのだが、「小学生が春に田植えをした稲の苗も、今は立派に稔りました。農家の人に鎌の使い方を教わりながら稲刈りをしました」というナレーションとともに稲刈りの様子を映していたが、残念ながら鎌使いは間違っていた。使っていたのは草刈鎌ではなく「ノコガマ」だったのだ。草刈鎌であれば、稲の株の向こう側から手前に一気に引くことで切れるが、「ノコガマ」は刃の部分が文字通り鋸のようにギザギザしており、柄に四十五度くらいの角度で取り付けてある。だから鋸を引くような要領でやらないとうまく切れないのである。「ノコガマ」は、力をあまり入れなくてもいいし、鎌のように頻繁に研がなくてよい。それに鎌より小さいので、子どもにはうってつけなのである。しかし、大人が正確に教えていなかったためか、子ども達は難儀そうに稲刈りをしていた。

こんな子ども達に草刈をやらせたら、少しも刈ることが出来ないだろう。いや、今の大人たちもそうかもしれない。ただ草をなぎ倒すだけで、昔私達が牛の餌用に草刈をしていたときのような、草を切りながら一箇所に集めていく技は、もう誰にも無理かもしれない。

時は移り、機械が仕事をするようになり、仕事を体で覚えるということがなくなってしまうと、技の伝承どころか技そのものがなくなってしまうのではないだろうか。生活していく環境はどんどん変化し、手を使うことといえば、今やパソコンとスマホが主流になっている。若者がスマホでメールを打つときの指の動きの早さには目を見張るものがあって、スマホの使いこなしは現代における技の創出とも言えるだろう。しかし、子ども達の遊びを見ていると、創意と工夫でやってきたこれまでと違って、なにか小手先のことばかりに集中しているように思えてならない。

もっと生産的な、例えば切れなくなった包丁を研ぐとか、シャープペンシルではなく鉛筆を削って使うとか、これまで身近にあって、しかも次世代に繋いでいって欲しい技に挑戦していってもらいたいものだ。

ラムネ玉

ラムネという飲み物がある。炭酸水に甘味料などを加え、口にガラス玉をはめたビンに詰められている。飲むときには一升瓶の栓を縦長にしたような道具で、このガラス玉を強く押し下げる。少し中身がこぼれてくるので、急いで口をつけて飲み始める。ところが、ビンの中ほどの左右に窪みがつけてあって、ガラス玉がそこに留まっている。飲もうとしてビンを傾けると、ガラス玉は転がってビンの口を塞いでしまう。いきおいガラス玉と格闘することになるが、大抵は飲む人が折れて、静かに少しずつ飲むことになる。

ラムネは、明治の初めに日本に入ってきた炭酸飲料レモネードが、訛ってラムネと呼ばれるようになったと言われている。私が子どもの頃、夏になると近所の雑貨屋の店先でよく見かけていた。内側にトタンを張った五十センチ四方ほどの木箱に、冷たい水で冷やされたラムネは整然と並んでいた。

ラムネを飲んだ後、私はビンに残ったままのガラス玉が欲しくて、何とか外へ出せないものかと幾度となくやってみた。ビンの口の内側にはまっているゴムをはずせば、ガラス玉は出てくるだろうと考え、錐やナイフの刃先でこねてみた。しかし、ゴムはぴっちりとビンの溝に納まったままで、ナイフの刃を寄せ付けない。何度か試みたが一度も成功せず、悔しい思いだけが残った。

当時、子ども達は、ラムネ玉と呼ぶガラス玉で遊んでいた。単純なものは、「逃げ」といって、ラムネ玉を任意のところに転がし、その場所から相手のラムネ玉に狙いを定めて、当てればその球を奪うことができた。相手から遠く離れると、当てられる確率は低くなるが、自分も当てることが難しくなるので、その距離を絶えず考えていなければならなかった。ただ、人数が多くなると、狙った球に当たらないまま別の相手に近づきすぎて、取られてしまうことがあった。

テクニックを要するのが「三角出し」だった。二、三人で遊ぶもので、地面に棒切れなどで三角形を描き、お互いにラムネ玉を何個かずつ三角形の枠内に並べ、離れた場所から三角形の外へはじき出せば自分のものにできる。そのとき、自分の投げたラムネ玉が三角形の枠内に留まってしまうと負けになるので、この遊びのときは誰もがいつもより真剣になっていた。

ラムネ玉で遊ぶのは、小学生までだった。中学へ入ると、不思議と誰もやらなくなった。だから、たくさん持っていた者も、下の兄弟へ譲ったり、近所の小学生にやったりしていて、私もそうだった記憶がある。

その中学生になったころに、ラムネ玉のことを全国的には「ビー玉」と呼んでいることを知った。「ビー玉」なんてこれまで一度も口にしたことがない。どうして「ビー玉」と言うのだろうと思いながらも、それをきちんと調べたりしないままに、時は過ぎてしまった。

一月ほど前のこと、ラジオをぼんやりと聴いていると、番組キャスターが「ビー玉」のことを話題にした。『ビー玉とはB級の玉のことで、炭酸飲料のラムネに使っているのが一級品のA玉である。ラムネに使えない二級品は規格外なのでB玉と言われた。従って、二級品の意味のB玉が「ビー玉」と呼ばれ、子どもの遊び道具となった。』

長年の懸案が、不意によみがえって簡単に解決した。それにしても、子どもの頃に二級品で嬉々として遊んでいたとは思いも寄らないことだった。

それから一週間後、ラジオで同じ番組を聞いていると、件のキャスターが謝った。

『先週の話は誤りでした。二級品の意味のB玉ではなく、江戸時代にガラスのことをビードロと呼んでいましたが、ビードロの玉でビー玉と言われるようになったということでした。このビー玉も、初期のころは「ラムネ玉」と呼ばれていたそうです。間違って伝えてごめんなさい。』

なんだ、それでは「ラムネ玉」でよかったのだ。私達の地域には正しく伝えられていたのだ。それを大事に守って「ラムネ玉」と呼んでいたのに、私達の地域でも「ラムネ玉」の呼び名が駆逐され、「ビー玉」がいつの間にか主流になってしまっている。

そのビー玉も、昔は子どもの遊びに欠かせないものであったと、過去形で言わなければならないほど今は廃れてしまっている。ビー玉遊びは土の上でないと成立しない。芝生の上でも遊ぶのは難しい。

でも、ビー玉遊びは文句なく楽しい。勝っているときにポケットがビー玉で重くなっていく嬉しさ、ついつい夕方暗くなっても止められなくて、のめりこんでいたあの頃が無性に懐かしい。そうだ、孫がもう少し大きくなったら、土のままの空き地を見つけて、爺ちゃんの腕前を見せてやろう。

うづくり

もう十年ほど前になるが、よく通っていた蕎麦屋があった。蕎麦屋だけに和風の外観ではあったが、内装はまったくの洋風で、外の景色がよく見える大きなガラス窓があり、壁には油絵が掛けてあった。スピーカーからはジャズが流れてくるが、壁の四方には厄除けの切形が貼り付けてある。なんとも不思議な空間だった。

そう広くもない店なのに、六人掛けのテーブルを三脚だけ置いている。多くの店が、二人掛けのテーブルをいくつも並べて、効率よく客を捌いているのに、この店では大きなテーブルをドンと置いているだけだった。そのテーブルがスギ材のうづくり仕上げで赤茶色に塗られていたのである。一枚板で厚さが七、八センチもあり、いつかこんなテーブルがほしいものだと、妻とも話していたのだった。

テーブルを作るチャンスは割と早くやってきた。七年前に家を新築しているときのことである。建築の途中で、施工会社の社長から、床柱を幾つか見繕ったので、どれがいいか選んでくれと言われ、三股町にある材木店まで出掛けて行った。店の敷地にはスギ、ヒノキ、クスなどの丸太があちこちに積み上げてあり、いかにも材木屋らしい風情である。

二十本ほど並べてある床柱を吟味したが、素人目にも良いものだと思われるものは、目玉が飛び出るほど高くて到底入手できる代物ではない。ようやくのことで身の程に相応しいものを選び、値段の交渉が終わると、店主が床柱の他にも椅子やテーブルなども作っておりますので、是非そちらも見ていただきたいと勧めてきた。椅子はすべて屋久杉で作ってあった。屋久杉の椅子やテーブルは概して大振りに作ってあり、私の目にはやぼったく見えて、好ましく思えなかった。

いろいろ見ているうちに、厚みが五センチほどのスギ板が目にとまった。幅が一メートルほどもある。店主にこんなに大きいスギがよくあったものですねと尋ねると、これは幅五十センチのスギ板を接ぎ合わせたものだという。接いだものであれば一枚板のように反ったりはしないだろうし、高級材ではないので少々の傷など気にすることなく、気楽に使えるだろうと思い、ダイニングテーブルをこれで作ってみようと考えた。

早速店主に、長さ二・五メートルのものができるかと尋ねると、「承ります」と二つ返事だった。そこで、うづくり仕上げで黒塗りにしてもらいたいと注文すると、いかようにも作れるので任せてもらいたいと、自身ありげに胸を張った。

テーブルを黒塗りにしたいと思ったのは、以前に工芸展で見た黒漆塗りの文机が立派なものに見えたからである。係りの人に材の種類を聞いたところスギだと言う。スギは無垢のままだとあまり見栄えがしないし、ヒノキに比べて変色しやすいものだ。ところが、漆を塗ったおかげで高級品の仲間入りをしていたのである。私もこれに倣って、黒漆とまではいかなくとも、黒塗りにすれば見た目がよくなるのではないかと、ない知恵を絞ったのだった。

うづくり仕上げにしようと思ったのは、勿論よく通っていた蕎麦屋のテーブルが頭にあったからだ。うづくりとは、竹のささらのようなもので、刈萱の根を水に晒し、太さを揃えて、紐で二十センチほどの筒状に硬く縛ったものである。「荒目」と「細目」の二種類があって、荒目は板を削って木目を浮き立たせるのに使い、細目は艶出しに使う。うづくり仕上げといえば、普通は木目を際立たせることを指している。私はこの細目を竹とんぼの仕上げに使っているが、サンドペーパーでやるよりも竹の艶が出てくるような気がしている。

実は、うづくりには若い頃から興味があって、一度奮発して正目の桐下駄を買ったことがある。桐は軽い上に肌触りが良い。おまけにうづくり仕上げで木目の部分だけが浮き上がっていて、素足を心地よく押してくれる。嬉しさいっぱいで庭を歩いていると、野良犬が入り込んできた。犬を追い払おうと急いで走っていったら、飛び石を三個ほど跳んだところで、パンと片方の下駄が真っ二つに割れてしまった。勿体ないことだった。以来、うづくりには縁がないまま過ごしてきた。

さて、材木商に注文したテーブルは、一ヶ月経って出来上がってきた。うづくり仕上げで木目が浮き上がっている所為か、黒塗りにした甲板が無骨には見えない。木目をあまり出しすぎると、茶碗を置いたときに傾いたりして具合が悪いが、これは程よく仕上がっていて気持ちが良い。

一応食卓として誂えたが、本を読んだり工作をする場にもなっている。おかげで、読みたい本がいつまでも積まれていたり、工具箱が置かれたままであったりと、いつも片付いていないのが難点である。その後、孫が生まれて色鉛筆で落書きをしたり、ボールペンで傷をつけたり、果てはおもちゃ置き場になったりと散々荒っぽく使われているが、何にでも使おうという最初の目論見どおりになっているのは、スギ材で作ったという気楽さにあるような気がしている。

それにしても、うづくりのテーブルを作りたいと思わせた蕎麦屋は、もう三年以上も店を閉めたままである。あのテーブルは一体どうしているのだろうか、店の前を通るたびに気になって仕方がない。

イボタロウ

二十年ほど前に、皮張りで背もたれがなく、平面が広く使える長椅子がほしいと思っていた。寝転がって本を読みながら昼寝もできるソファーに、憧れを持っていた。定年後には家を新築し理想のソファーを誂えようと、福岡市にある有名家具店を訪ねてみたりもした。

ところが七年前、いざ新築が決まると、妻が椅子とテーブルは自分の思っているものにしてほしいと言い始めた。以前、某デパートで開かれていた工芸展の作品に、気に入ったものがあるらしく、どうしてもそれにしたいと言う。お金は自分が出すからとまで言うので、仕方なく妻の主張する木製の椅子とテーブルを誂えることにした。

そして、いざ注文をしようと綾町にある家具製作所へ行くと、今度は妻が、「どんな大きさにするかとか、どんな形がいいかとかは、お父さんが決めてよ」と、私に仕様を投げかけてきた。私は、本当はソファーが欲しかったのを妻に譲ったのだから「自分で考えろよ」と言いたかったが、元来妻は木の材質や部屋への納まり具合を考えるといったことは、少々苦手である。私は妻と共に製作所の親方に案内されて、材木置き場へ行き、どんな材があるのか見ることにした。

広さ三十畳ほどの置き場には、厚さ五センチ、幅一メートル、長さ二メートル以上もある材木が何十枚も重ねて置いてあった。親方に材はケヤキ、カツラ、クスノキなど数種類あるので、好きなものをどうぞと言われたが、一番欲しいと思ったケヤキは、値段が高すぎて手が届かない。結局少し安価なクスノキでテーブルと長椅子、一人掛椅子二脚を誂えることにした。テーブルはきちんとした矩形にはせず、縦方向は切り出された形のままにしておくこと、仕上げは拭き漆にすることを依頼した。

注文から二月後に出来上がってきた。リビングに据えてみると、背もたれの高い長椅子が、板張りの床に結構合っている。ケヤキに未練はあったが、すわり心地を試しているうちに、これでもいいかという気持ちになった。

ところで、私達夫婦はテレビを見たり食事をしたり、本を読んだりと、一日のほとんどをダイニングで過ごしている。リビングは、来客のときや、息子や娘達が帰省したときぐらいにしか使わない。それでリビングの方は、すっかり孫の遊び場と化してしまって、せっかく新調したテーブルには、いつも孫の玩具が散らばっているような状態になり、その所為か、数年のうちに、濡れ布巾でテーブルを拭くと布巾に漆の色がうっすらと付くようになってきた。

このままでは、テーブルの生地までいためるのではないかと心配になり、どうしたものかと悩んでいるうちに、今年も綾町での工芸展の季節がやってきた。いい機会だと思い、椅子などを誂えた家具製作所の職人さんに、漆が布巾に付いてしまうことを相談した。

すると彼は、拭き漆で仕上げると濃淡ができる場合があって、濃くなった部分の漆が取れやすくなるのだという。それを防ぐには、表面を保護する必要があって、透明の靴クリームを薄く布で延ばすとよいと教えてくれた。しかし、靴クリームはべたべたしていて、テーブルに塗るというのはいただけない気がする。

そこで、「実は、家にイボタロウを持っているのだけど、それではだめだろうか」

と聞いてみた。すると、「あ、そっちのほうが断然良いですよ。軽くテーブルをこすって、布で拭き上げてください。でも、よくそんなもの持ってますね」と感心されてしまった。

イボタロウは、櫨の実から作る木蠟とは違って、いぼたの木につく貝殻虫の一種である、いぼたろう虫の幼虫が分泌した蠟分から作るものである。そのいぼたろう虫も、雄の蛹だけが蠟分を出すというから、先人がよくもこれを見つけたものだと感心してしまう。

昔は家具の艶出しなどに使われ、イボタロウをしみ込ませた布を、長火鉢の引き出しなどに入れておいたものだそうだ。時折取り出しては箪笥や長火鉢などを拭いていたらしい。そんな人たちの暮らし振りには、生活の隅々にまで気を配っていた様子が窺えて、見習うべき姿がここにもあるような気がしている。

三十年ほど前になるが、イボタロウは今や貴重な存在で、近い将来には姿を消してしまうだろうと、工業デザイナーで東北工業大学の客員教授でもあった秋岡芳夫先生の本に書いてあった。希少なものなら手にしてみたいと思ったものの、都会では売っているかもしれないが、宮崎で求めるのは無理だろうと諦めていた。ところがその数年後、カシューという塗料を買いに小さな塗料屋さんに行って見ると、昔ながらの直方体のガラスケースの棚に、イボタロウが置いてあった。

品数のあまり揃っていない鄙びた店に、貴重品であるイボタロウが置いてあるのが驚きだった。どんな訳で置いているのか店番の女性に聞いてみたが、時には出ますからという返事で、詳しいことは分からなかった。

見つけたのを幸い、三個しか置いてなかったのを、全部買ってしまった。貴重品と聞いていたので、よほど高いものだろうと覚悟して求めたが、私が買えたくらいだから、それほど高額ではなかったのかもしれない。

今にして思えば、家具製作を専門にしている人ならともかく、専ら敷居に塗って、襖のすべりをよくする程度にしか使い道のなかった私には、一生使い切れないほどの量だったのである。今はテーブルの艶出しに使っているが、当時必要とする人が他にいたかもしれないのに買い占めてしまったことを、少し反省している。

ノコギリ

一昨年の秋のこと、綾町で青光りのする鋸を目にした。鋸を眺めているうちに、半世紀も前のことが浮かんできた。そのときは、ただただ鋸を挽き続けていたのである。鋸を引き続けるのは、大工や樵くらいしかいないかもしれないが、私には小学五年生のときにその経験がある。当時山林関係の仕事をしていた親戚の叔父さんが、桜の丸太を五、六本運んできた。山から切り出したものの、ゆがみがあって使い物にならないので、薪にでもしてくれと持ってきたのである。三メートルほどの長さで、太さは四十センチもある。これを鋸で挽いて斧で割り、薪にする仕事が私に回ってきた。

我が家は農家だったから、木を挽くための鋸を持ってはいたが、あまり使っていなかったようで、かなり錆びていた。そのまま丸太を挽いてみると、少し筋が付くだけで食い込んでいかない。父に頼んで目立てをしてもらい、機械油を差してぼろ布で錆を少し落とした。それでようやく切れるようになり、一気に丸太の三分の一まで鋸が進んだ。

しかしそこから先は、丸太がゆがんでいるため、ころころと不安定に動き、力が入らない。そこで、これまた錆び付いた鎹を持ってきて、隣の丸太に打ち付けて固定した。また少しずつ鋸が進んでいくようになったが、今度は腕が疲れてくる。何しろこんなに大きな木を切るのは初めてである。母が、「無理しないように。一寸ずつ切ればいいから」と声を掛けたのを機に、その日はおしまいにした。

翌日から、学校から帰っては少しずつ切っていくという「樵生活」が始まった。堅い木に切れない鋸では、三日かかってせいぜい一つ切り落とすのがやっとだった。そのうえ、切ったものは割らなくてはならない。寸胴の丸太を立て、斧を中心めがけて打ち下ろすのだが、刃は食い込むものの、簡単に割れてはくれない。それに、食い込んだ刃はなかなか抜けないので、仕方なく大きな木槌で、斧の頭を横からたたいて刃を抜き、また打ち下ろすという作業を繰り返した。

毎日鋸を挽いていると、さすがの桜の丸太も一本また一本と減ってゆき、三ヵ月後には残らず薪にすることができた。やり終えてみると、小学生なりに安堵感があり、木を挽くことに自信めいたものが出てきたことを覚えている。

日本中がバブル景気に湧いていた頃のことだが、淀川町に一軒の小さな鋸屋があった。あるとき、その店の前を通りかかると張り紙がしてあった。「都合により店を畳むことにしました。つきましては、これまで目立てを頼まれたものの、引き取られていない鋸がありますので、目立て代相当額で販売します」とある。

ひょっとして掘り出し物があるかもしれないと、その翌日に訪ねてみた。なるほど目立ての終わった鋸が何十本と並んでいる。多かったのは大工仕事に使う胴付鋸だったが、ほかに両刃鋸や前挽鋸などもたくさんあった。何らかの事情があって引き取りに来ていないのだろうが、道具が粗末に扱われているようで、店に買い物に来ているという気分にはならなかった。

それでも色々見ているうちに、これはという鋸がひとつ目に付いた。数十年前に桜の丸太を挽いていたときに、これがあればそんなに苦労はなかっただろうという、横挽鋸である。長さ一メートル、幅が十二、三センチもある少し大振りのもので、柄は松の枝ですげてある。松の表皮のガサガサしたところが滑り止めになって、力を入れて挽くことができそうである。他に胴付鋸と両刃鋸を一本ずつ、合計三本の鋸を貰うことにした。

締めて三千数百円の買い物であったが、店主に本当にこの値段でいいのか念を押すと、「何年待っても引き取りに来ないので、いいですよ」と言う。元の持ち主には悪いが、良いものを一度に三本も手に入れることができて嬉しかった。

一週間ほどしてその店を再び訪ねてみたが、めぼしいものはもうほとんど残っていなかった。ただ、私には、店の奥に据え付けてある炉が気になっていたのでその炉について、店主に聞いてみた。この炉は、溶鉱炉である。高さ二・五メートル、円筒形をしており、底は直径一・五メートルほどの楕円の筒形をしているもので、上に行くに従って細くなっている。炉の内側にはレンガを使い、外側を粘土で覆ったものであるが、なんだかピザを焼く釜にも似てユーモラスである。

店主は、「昔はこの炉で鉄を熱し鋸を作っていたものだ。今の大量生産の時代には太刀打ちできないので、使ってはいない。市役所から今度造る予定の歴史館とか何とかいうところに移築したいと言ってきたので、寄付することにした」と話してくれた。取り壊さずに残されるのは、喜ばしいことである。できることなら、移築先で鍛冶の実演をしてくれると一層嬉しいことだと思ったのだが、その後どうなったかは確かめていない。

手に入れた三本の鋸は、期待通りの働きをしてくれている。特に横挽鋸は伸びすぎた庭木の枝落としに重宝している。鋸に使ってある鉄が上等で、目立てがしっかりしてあるためか、サクサクと短時間で切ることができる。最近とみに腕力の衰えてきた私には、手放せない逸品である。

一昨年の秋に綾町で見た鋸とは、毎年開催されている工芸展にあったものだ。会場の入り口近くに、古く見えるがよく手入れされた鋸が、オークションの品として展示されていた。上質なもののようで、青く鈍い光を放っている。鋸はすでに何本も持っているのだが、急にこれが欲しくなった。

オークションの時間まで三時間も待って会場に入ると、その鋸がオークション品からはずされていた。どうしたことだろうと会場内にある、鋸を出品した店に行き、取り下げた訳を聞くと、綾町内で作り出されたものではないので、この工芸展に相応しくないからという理由で、取り下げるよう主催者から要請されたということである。私としては、どうしても欲しいので売ってもらいたいと言うと、それではあなたに売ってあげましょうという。値段はいくらかと問うと、あなたはいくらと思っていますかと逆に聞き返されてしまった。

ここであまり安く言っても、相手は面白くないだろうし、だからといって高くしては、オークションに出すつもりだったから、安く買えるようにというオークションの目的を逸脱してしまうだろう。そこで、五千円と考えていると切り出すと、店主は、私もそう思っていましたと、その値段で譲ってくれた。

市販の品であれば、これよりも安い価格で売っているのかもしれない。しかし、これは昔に作られており、骨董品といってもよいくらいのもので、なかなか手に入るものではない。何よりの証拠に、上物の証の青銹がしっかり出て威厳を放っている。

あの日からもう二年も経つが、まだ一度も使っていない。宝の持ち腐れと分かっているが、傷がつくのが嫌で、時々眺めるだけにしている。

マツボックリ

『まつぼっくりを、みずにいれます。一じかんくらいまつと、しょんぼりまつぼっくりになります。みずをふきとったしょんぼりまつぼっくりを、あきびんにいれます。そのまま二、三にちおいておくと……じゃーん！「びっくりびんづめまつぼっくり」さかさにしてもおちません。』

これは、福音館という出版社から出されている、「びっくりまつぼっくり」という絵本の一節である。

私は、十一月頃になるとマツボックリ拾いに出かける。そして、この「びんづめまつぼっくり」をこしらえて、市立図書館での絵本の読み聞かせに臨んでいる。聞いている子どもたちは、絵も見ているので、どんなしくみで瓶詰めにされるのか分かっているのだろうが、読み終えて実物を見せると、不思議そうな顔をして瓶に触りたがる。

私はそれが楽しくて、毎年マツボックリの季節に披露している。

マツボックリを拾うようになったのは、七年ほど前に、ある公園で、人のこぶしより一回り大きなものが落ちているのを見つけてからである。公園の隅に高さが十メートルはあろうかという大きな松の木があって、その下を通りかかると、草むらにマツボックリがごろごろと転がっていたのだ。だれも拾う人はいないようで、すぐに三、四十個も拾えた。

その大き目のマツボックリに緑、金、銀、赤などのラッカーをスプレーして、直径五十センチもあるクリスマスリースを作った。大きすぎて我が家の玄関には不釣り合いなので、小学校の校長をしている弟のところへ持っていくと、学校に飾るよと引き取ってくれた。

これを飾ってくれるのなら、工夫すればもっと良いものができるかも知れないと、やや小ぶりのリースを三個作り、三個とも部屋に飾りつけてみた。だが、妻に「良くできてるよ。でも鬱陶しいね」と言われてしまった。

翌年からは、松の木のある公園にあちこち通っては、マツボックリを拾い、色を塗ってクリスマスリースをつくり、ツリーに吊り下げ、瓶詰にするなど、いろいろに楽しんできた。

それから数年経ち、十月に入って柿の実を収穫する頃、福岡に住む娘から電話があった。「ハルの通ってる幼稚園では、どんぐりやマツボックリの提供をしてくれって言ってるのよ。子ども達が作品に仕上げて、十一月の幼稚園祭で展示するの。多分お父さんだったら持ってると思って」と言う。そんなことならお安い御用だ、すぐにでも送ってやるよと返事したが、一つだけ心配な点があった。

この大き目のマツボックリには、燐片の一つ一つに小さなトゲがあるのだ。このトゲが結構鋭くて、大人でも注意しないと怪我をしかねない。子どもの安全を考えると、トゲのない、小さなマツボックリのほうがよさそうだ。そう思って、一ツ葉海岸の松林には、普通に見られるマツボックリを拾いに行くことにした。

松の木は、防潮林の中に無数に植わっている。すぐに二百個ほど拾うことができた。形の良い、汚れていないものばかりを選んだのだが、やっぱり砂が付いている。家に持って帰り、水洗いして三日ばかり天日で乾燥させた後、ダンボール箱に詰めて送ってやった。

　孫のハルユキが卒園するまではと、三年間拾い続けてきた。ようやく今回で終わりと思っていたら、その弟のタカヒロが来年度同じ幼稚園に入ることになったと、娘が電話してきた。これでは、また向こう三年間は継続する仕事を託されたも同然である。

　それでという訳ではないが、なんとなく来年の分をストックしておこうという気持ちになり、ついでにこれまで拾ってきた場所を変えてみた。そこは、松と広葉樹が半々くらいで、落ち葉がかなりあり、おかげでマツボックリがほとんど砂にまみれることのないところだった。

　おまけに、これまで拾ってきた灰色や焦げ茶色のマツボックリとは違って、明るい薄茶色のものがたくさん落ちている。私にはそれが、宮沢賢治の童話「どんぐりと山猫」に出てくる、主人公の一郎少年がお礼に貰った黄金色のどんぐりのように、光輝いて見えた。その黄金色のどんぐりは、やがて普通の茶色になってしまうので、このマツボックリも同じ運命をたどるのかもしれないが、たとえ一時の夢であろうと私にとっては最高のマツボックリで、それも大量に拾える場所を見つけたのである。

その嬉しい場所には、七、八日も通い詰めた。ある日、散歩がてらにと歩いて行き、大きなレジ袋にぎっしりマツボックリを詰め込んで帰る途中に、近くの小学校を覗いてみた。区画整理事業による、運動場の解体工事をしていると聞いていたので、確かめてみたい気持ちがあったのだ。

通用門の外でしばらく眺めていると、校内に設置して放課後に児童を預かる、いわゆる「学童保育」の担当らしい女性が、児童二人を通用門まで送ってきた。

学校を覗いている不審人物と思われてもいけないと思い、「運動場が移転するんですね。だいぶ工事も進みましたね。もう三十年以上にもなりますが、私の長男はこの学校が開設されたときの新一年生だったのですよ。懐かしくて眺めていました」と声をかけた。女性は「そうですか。どうぞ御覧になってください」と答えつつ、私の下げている袋に視線を向け、「あら、マツカサ」とつぶやくように言った。

懐かしい響きだった。「マツカサ」を久しぶりに聞いた。私は子どもの時分からそう呼んでいたし、私の周りもそのように呼んでいた。「マツカサ」は、松の実が笠をかぶっているという見立てもできるし、私はこの言い方が好きである。ただ、頻繁に使われる言葉ではなかった。子どものおもちゃになるでなし、大人が拾って利用するでもなしと、今ほどには注目されることのない存在だったのだろう。しかし、無性に懐かしかった。マツボックリと、いつの間にか呼ばれていることに違和感を覚えながら、自分でもいつしかそう呼んできた所為かも知れない。

それにしても、今はなぜマツボックリと言うのだろう。物の本によるとマツボックリは元々マツボクリであり、ボクリとはフグリの転であろう、またマツフグリとも言うとしてある。

マツカサという立派な名前を持ちながら、マツボックリと呼ばれているのは、なんとなく可愛らしい語感からきているためか、それとも「まつぼっくりがあったとさ……」で始まる童謡が流行らせたものか、まったく分からないのだが、無邪気に「マツボックリ、マツボックリ」と言われても、もとの意味を考えると、おおっぴらに使うのは憚られる言葉のように思えるのだが、どうだろう。

一緒の墓に

ＮＨＫの朝のテレビ番組をボンヤリ見ていたら、突然プロポーズの場面になった。若い男性が宝石箱を開けて、おしとやかに見える女性に、「僕と一緒のお墓に入ってください」と、プロポーズしている。女性は、宝石に目を輝かせたが、この男性の言葉には驚いたようで、「いやです」ときっぱり断った。もちろんこれはお芝居なのだが、いまどき「一緒の墓に」などとは言わないよなと、思わず口に出していた。

これは、「あさイチ」という女性向け情報番組で、その日のテーマは「夫と一緒の墓に入りますか」というものだった。ＮＨＫの調査によれば、妻の六割は夫と同じ墓に入りたくないということだ。入りたくない理由には、「知らない先祖代々と一緒は嫌」「遠いゆかりのない土地に墓がある」「夫の家族が嫌い」などである。なかには、「結婚生活の破綻、死後くらい別々で」と、同情したくなるものもあるが、「夫より愛犬と」のように、私の理解を超えるものまで様ざまである。

一般に、男性は多くが夫婦一緒と考えているらしい。昔から、結婚すれば夫の「家」に嫁ぎ、夫の姓を名乗るのは当たり前のように考えられてきたので、同じ墓に入るというのは、夫にとっては何の疑いもないことだったのだろう。妻にしてみても、「家」の一員となるわけだからと、深く考えることもなく、そういうものだとしていたのではないだろうか。

ところが今は、「家」から「夫婦」が単位となり、「個」としての生き方を良しとするようになっているのではないだろうか、束縛を嫌がる気持ちが広がってきているように思える。辛抱という言葉が、まるで死語になったかのような現代では、嫌なものは嫌とはっきり主張していくことの延長に、一緒の墓は嫌だという思いがあるのかもしれない。

一緒の墓に入るという概念は、火葬をするのが一般的となって形作られたものと考えられる。今や日本は、わずかな例外を除いて、ほぼ百パーセントが火葬であり、遺骨は累代の墓に納められている。

火葬は千五百年前に仏教の伝来とともに日本にも広まったとされているが、私たちの地域では、五十年ほど前まではほとんど土葬であった。墓地の空いている場所に、お棺が入るくらいの幅の、深さ二メートルほどの穴を掘っていた。この仕事を大人たちは「イケホリ」と呼び、集落の男たちに、順繰りに回ってくるものだった。

土葬だと、一人に一つの墓が作られる。それで、一緒の墓に入るという考え自体が起こらないし、現に私が小さい頃には、お骨を一つところに納める累代の墓もなかったと記憶している。それに、これは私たちの集落で行われてきたことなのだが、永くこの地に住み続けて、特権的に埋葬する場所を確保できている家族でない限り、とにかく墓地の空いているスペースを見つけて埋葬されてきた。だから、同じ家族なのに、お墓が近くに纏まっていないということがよく起きていた。それ故土葬するのは、必然的に埋葬された場所に一人になるという意味を持っていたのである。

我が家では、昭和十九年に亡くなった、私の曾祖母までは土葬だった。それが、三十五年前の祖母から火葬になった。それから二年後に父が亡くなって、初めて累代の墓を作り、とりあえず江戸末期までになくなった人たちの、墓地に建てられていた二十数基と屋敷内にあった八基とを、一つの墓に合祀したのである。明治以降の六基がまだそのままだが、墓石が立派で痛みもないことから、移すのに躊躇している。

我が家でも、これからのこととして、一緒の墓に入るかどうかという問題が起こってくるのだろう。私も世間の夫たち同様、妻や嫁は一緒の墓に入るものと楽観しているが、嫌だというのを無理にでも入れようとは思っていない。妻も、「私は別にこだわりはないし、嫌だとも思っていないよ」と言っている。

しかし、夫には何の不満もないけれど、別の方がという人もいると、テレビでは紹介していた。その人の夫は、その気持ちを理解できないと、やや不満気だった。私もなぜ別の方がいいのか分からないのだが、妻は、「私の知り合いにも、同じ墓が嫌と言う訳ではないけど、それより散骨して欲しいという人がいるよ」と教えてくれた。

なるほど、散骨すれば墓を持たずに済むので、さっぱりしていいかもしれない。今は、散骨のほかに墓を持たない方法として、お骨をごくごく小さな、手のひらに載るほどの容器に入れて、家の中で祀るという人や、あるいはもっと小量のお骨を、ペンダントにしていつも首に掛けているという人もいるということだ。

それぞれいろんな考えがあっていいのだが、「一緒の墓は嫌」としている人も、果たして、そのとおりに思いが叶えられるものだろうか、これぱかりは葬儀を営む側の考えに支配されることになりそうで、中々思いどおりにはならないのかも知れない。

平成の大修理

平成二十五年は、二十年毎の伊勢神宮の遷宮と、六十年ぶりの出雲大社の遷宮とが重なり、テレビにも取り上げられて大きな話題となった。

一方で、平成の大修理といわれる修復工事が、姫路城や日光東照宮の陽明門、唐招提寺金堂などで行われているのは、あまり報道されていない。しかし、私には、人目に触れないようになされる遷宮よりも、古い建築様式をあからさまにしてくれる修復工事のほうが、はるかに興味が持てる。

修理の様子は、時折テレビで特集されたりしている。鉄骨の足場を組み、建物全体をシートですっぽり覆ったそのなかで、瓦を剝ぎ取った屋根の姿から、軒やひさしにいたるまでよく見ることができる。その上テレビは、専門家が建物の歴史を解説してくれたり、昔の優れた技術が現代の職人に受け継がれている様子を見せてくれたりと、至れり尽くせりである。

なかでも、唐招提寺金堂は江戸、明治と修理が行われているが、科学の進んだ今回の修復では、単に傷んだ部分を取り替えるのみならず、先人たちの建築技術から装飾技術まで全般にわたって研究し、その上で現代の最先端の技術も駆使しながら、今後長期間維持できるような工夫をしている。

面白いのは、屋根を支える小屋組みといわれる部分であるが、瓦を全部剝ぐと屋根全体が数センチ持ち上がるのだそうだ。現代の民家の屋根では考えられないのだが、唐招提寺のそれは、瓦を伏せていくにしたがって、瓦の重みで軒の反りが緩やかになり、棟にたどり着く頃にはぴたりと収まるような小屋組みの工夫があるという。かように今回の大修理では、先人の知恵を随所に見るという楽しみが、私のような素人にも披露されて、そこが楽しいのだ。

さて、我が家にも平成の大修理が行われた。七年前に家を新築したのだが、完成した直後に修理を始めるおかしなことになった。外壁にヒビ割れができてきたのである。

そもそも外壁をどんな材にするかというのは、建築の途中で何度も話し合ってきたことだった。最終的にタイルではどうですかと建築会社に提案され、タイルにすると見栄えがしていいだろうと、案内された建材店に行ってみたら、びっくりするほどの値段だった。

なにしろ、家の表側の、玄関とそのまわりだけで数百万円掛かるという。どうしてそんな大金を出すことができようか、と会社に言えば、それでは、塗り壁なら安価ですと再提案してくる。それで塗り壁にしたのだが、塗っているときは、軟らかいので壁面一杯に簡単に塗り広げることが出来たものの、全体が固まると窓枠の角の部分などからヒビがすこし入ってしまうことが分かってきた。壁材の種類や塗るときの硬さを変えたりしながら何とか塗り上げたが、それでも半年後には塗り直しをする始末だった。

さらに、一年も経たないうちに、あちこちにヒビが入り、外壁として内側を守ることが出来るのか不安になってきた。会社は、その内側に厚さ七、八センチの断熱材が入っているので、外壁は要らないくらいなのですという。しかし、外壁が要らないとは言いながら外壁の工事をすること自体が、やはり必要だと認めている証拠なのだ。

そのことを言えば、外壁はある種見た目を良くする意味もあるのですと、分からないことを言う。

外壁のヒビ割れをそのままにしておくのは、雨が滲みてきて剝がれ落ちないとも限らない。一日も早く修復してくれと会社に催促するが、どんな方法が良いか研究中ですと取り合ってくれない。お金にならない仕事には気乗りしないのかもしれない。私は透明のコーキング材を買ってきて試しにヒビ割れに塗ってみた。何とか納まってくれそうな感じだった。それを会社に伝えると、一度その方法でやってみましょうかと、やる気があるのか分からないような返事だった。

一週間ほど経って、透明ではまずいので同じ色にしたいと会社から言ってきた。ただ、色が若干違いますがそれでもいいですかという。見てくれより、丈夫さを取りたいと答え、すぐ工事にかかってもらうことにした。一センチに満たないヒビ割れなので、簡単に終わると思っていたら、二階建てなので足場を組まなければならないということで、一日がかりで足場が組まれた。細いヒビ割れを丹念に塞いでいくのだが、硬化している周りの壁となじませながらの作業だからか、思いのほか手間取った。結局、修理箇所の養生が終わり、足場をはずすまで一週間ほどかかった。そして、修理箇所の色違いは思ったより目立ち、長いところでは三メートルにも及ぶ縦縞が、十数か所も出現してしまった。

あれから五年、外壁には今も修理した跡がくっきりと残り、私の目には、痛々しい傷口に見えて仕方がない。先日、壁の修理した箇所を何となく見ていたら、そこに新しく小さなヒビ割れができていた。さらに別の場所を見ると、今度は横にヒビが入りかけている。今のところ、一ミリほどのヒビなので大事無いとは思うものの、今後広がっていかないとも限らない。

修理して数年しか持たないような技術では情けない。国宝の修理をする最高の技術とまでは言わないが、一度作った家には何十年も住み続けたいので、長持ちのする修理をしてもらいたいものだ。

タガ

勤めを辞めて八年経った。家にいることが多くなり、元来の物ぐさがますます高じて、買い物や用足しには、昼を過ぎてようやく出かける有様である。また、てきぱきと仕事を片付けることも苦手になってきて、暮らしのタガが少し緩んできたようだ。

私が子どもの時分だから、もう六十年も前のことになる。毎年、秋口になると樽や桶の「タガ」を挿げ替える職人が集落一帯の農家を回っていた。この人たちのことを、大人は「輪替え」と呼んでいた。タガを替えるのだから、「タガ屋」とでも言いそうだが、その人自身も「輪替えは、ありませんか」と言って訪ねてきていたので、「輪替え」で定着していたのだろう。

自転車の荷台に道具箱を載せ、その箱に幅の違う幾つものタガを輪に巻いたものを縛り付けていた。タガとは、桶や樽などの外側を締め付けて、中身が漏れたりしないようにするものである。タガには鮨桶や飯櫃に使う鉄線や銅板もあるが、大抵は青竹を割ったもので、この職人のおじさんも竹専門だった。

我が家で、毎年のようにタガの挿げ替えをするものは、大根や白菜などの野菜を洗う桶、味噌樽や醤油樽、洗濯盥、それに肥桶である。これら桶や樽は、材質としては柔らかい杉板で作られていた。そのため、樽底に近い、いつも土に接触している板から腐れたり欠けたりしていって、タガの緩みをもたらしていくのである。また、冬場には乾燥で板が縮み、桶などがバラケてしまうので、水を張ってそれを防ぐのであるが、やがてはタガも傷んで切れていくという場合もあった。

家に十個ほどもあった桶や樽は、毎年どれかが使えなくなっていて、順繰りにタガの挿げ替えをしていた。しかし、単にタガを新しくするだけでは足りずに、桶の傷みのひどいときには、その部分を切り取り、全体の寸を詰めていた。さらに、底板に新たな板を足して補修し、少し小ぶりに仕上げたりもした。

いよいよタガを挿げる段になると、職人のおじさんは束ねて輪にしてあったものから一本を外すのだが、割った竹なのに、まるで生き物のようにシュッと五、六メートルも伸びる。それを、これまで桶にタガが締まっていた所より下のほうで一度巻きつけ、その寸法で輪を作り、伸ばした竹を巻きつけていく。今で言えば、竹のリースといったところだろうか。そのリースを逆さに置いた桶にはめ、木槌でタガの横側を軽く打ちながら全体を締め付けていく。最後には、四角い木っ端をタガに当て、その木っ端を木槌で打ち付けていくと、桶はタガでしっかり締めつけられ、これまでどおり使えるようになる。

職人のおじさんの仕事ぶりは、子どもの私にはまるで手品のようで、仕事をする場所にムシロを敷き、タガの束をどさりとその上に置いただけで、何が始まるのかと胸がわくわくしてきたものだ。桶の大きさに合わせてタガの長さを決め、適度な厚みになるまで輪に編んでいく。さらに、竹の節の出っ張りを削り、桶にはめて木槌で叩く。タガの余った部分を鉈で切り落とすと出来上がり。私は、その流れるような手さばきに見とれてしまって、ただただその場に突っ立っていた、

そうやってできあがったものも、寸を詰めざるを得なかった桶と、元のままの大きさの桶とを天秤棒で担ぐときには少しばかり注意が必要だった。桶の長さが違ってく

るので、両方の容量を揃えないとバランスが取れなくて、はなはだ担ぎにくくなる。それで、寸を詰めた桶などは、二人で担ぐようにしていたと記憶している。

また、修理不可能となった桶などはどうしていたかというと、処分方法はいたって単純で、薪にしていたのである。今だと、桶を構成していた長細い板を細かく鋸で挽き、燃えるゴミとしてゴミ収集に出すことになるが、当時は御飯を炊いたりお湯を沸かしたりと、たとえ鉈で削った木の屑であっても、粗末にはしなかったのである。

今日では、樽や桶がプラスティック製に取って代わったために、タガの挿げ替えをほとんど見ることがなくなってしまった。木製のものより安く大量に生産できるので、その趨勢には抗えない。しかし、プラスティック製品は、木製に比べると、手荒に扱おうものなら、欠けたりヒビが入ったりして、すぐに使い物にならなくなる。それに、色もけばけばしくて、私は好きになれないでいる。

タガの挿げ替えが、日常的に行われていた時代は、道具を大事に扱い、その命を永らえさせていたと思っている。今は、壊れたら新しいものと取り替えるということが、当たり前のように行われている。ものを慈しむ心など、どこかへ行ってしまったようだ。この辺りで、心のタガを挿げ替えるといいのかもしれない。

登園拒否

土曜日、遅い朝食を取っていると、同居する四歳になる孫のユースケが、私たち夫婦のダイニングにやってきた。

「今日ユー君ね、保育園行かなくていい」

「そうか、よかったね」

「ねえ、何か食べたい」

「トマトとイチゴ、どっちがいい」

「イチゴとトマト」

「じゃあ、椅子にお座りして食べなさい」

昨年の十二月からのことだが、保育園を休める日には、必ず私たちのところへやってきて休みだと告げている。

ユースケが保育園に行きたくないと愚図るようになったのは一年半ほど前からである。宵っ張りの子だから、朝きちんと目が覚めていなくて、訳が分からないままに連れて行かれるのが嫌なのだろうと思っていた。それで、はっきり目が覚めてからのほうがいいだろうと、「おじいちゃんが、後で送っていくからね。しばらくこっちへおいで」と、テレビでアニメーションを見せたりして、大方は少し落ち着いたと思える時点で保育園に連れて行っていた。

その後、「おりこうさんで保育園にいったら、おじいちゃんが早くお迎えにいってあげるからね」などとなだめたりしながら、何とか保育園に通っていた。

ところが、上の子が小学校へ上がるようになった昨年四月頃から、保育園を嫌がるのが顕著になってきた。一人だけで通うのが心細いのだろうか、小学校に入った上の子に周囲の関心が向くのでむくれているのだろうか、などと考え、一緒に遊ぶ時間を長くしてみたり、見たいテレビを上の子より優先させて見せたりもした。なるべく機嫌を損なわないように気を使った上で、「明日は、保育園行こうね」と水を向けると、「うん、ユー君明日行く」と返事が返ってくる。

一夜明けると、昨日のことはすっかり忘れたかのように、「保育園行きたくない」と、半べそで訴える。ユースケの両親は、いつまでも関わっていると会社に遅刻してしまうので、いい加減に切り上げたいと思っているのだが、ユースケ本人は自分のことが精一杯で、親のことなどまったく意に介さない。

保育園に行ってしまえば、ケロリとして機嫌よく遊んでいると、保育園の先生からは聞いている。私が預かっているときも、多少のわがままは言うものの、割と聞き分けは良い。どうやら、朝起きて支度をして、いざ出かけようとすることに、気分が乗らないみたいだ。親としては、毎日毎日同じことの繰り返しなので、機嫌をとることに疲れてしまい、強制的に引きずってでも連れて行こうとする。ユースケは抵抗しながら泣き叫ぶ。親と子の戦争が部屋越しに聞こえてくる私たちも、安穏ではいられなくなる。

親がカリカリしていては、子どものためにならない。私は、休日に息子を呼んで、「嫌がるのを無理強いしても、何もいいことはない。ユースケが行かないというときには、こちらで遊んでやるよ。冷却期間を置いたらよくなるかも知れないから」と提案した。息子は、「少し前から何とかしなくちゃと思っていたし、面倒を見てくれるならありがたいので、そうする」と受けてくれた。

親に気持ちのゆとりができて、それが子どもに伝わったのか、ユースケは翌日から元気に出かけるようになった。私も、朝の騒動を聞かずに済むと一先ず安心した。

しかし、喜んだのも束の間、一週間後にはまたぞろ愚図り始めた。

「保育園行かない」

「どうして行かないの」

「保育園楽しくない」

「先生や、お友達のマル君が待ってるよ」

「先生もマル君も大嫌い」

なだめてもすかしても、てこでも動かない。

「それじゃ、おじいちゃん家でお留守番をするかな」

「うん、そうする」

今年の二月からは、お誕生会、お弁当の日、科学技術館見学など行事のあるときには喜んで行くのだが、何もない日には休むことが多くなってきた。そして休みたいときには、「ユー君、今日お休みする」と大威張りで宣言するようになった。一日中私たち夫婦と家の中にいても退屈だろうからと、お弁当を持って野原に出かけたり、昼食にショッピングセンターに連れて行ったりもした。そのことが、かえって休むことを助長してしまったのかも知れない。

三月に入るとユースケの愚図り具合が変わってきた。

「ほら、どうするのか自分でちゃんと言いなさい」

「イヤ」

「イヤじゃ分からないでしょ。保育園行くの、それとも、おじいちゃんとお留守番するの」

「言わない」

「言わないと分からないよ。早く決めて。急がないとママは会社に遅れちゃう」

「………」

「何も言わないいんだったら、ママと保育園に行こうね」

「イヤだ」

以前は、私か妻が「お休みしてもいいよ」と言えば、素直にうなずいていたのに、新たな展開を見せ始めた。何か自分で自分を持て余している風にも見える。この四月で五歳になるが、すでに反抗期に入っていて、何にでも逆らってみたい気分なのだろうか。

私たち夫婦にも、やらなくてはならないこと、やりたいことが山ほどある。このまますずるずると休み続けるのだけは勘弁してもらいたい。近々彼岸にはお寺に御参りするのだが、長年教職を勤めておられた御住職に、知恵を貸していただこうかしらん。

あとがき

エッセイ教室に通い始めて、やがて十年となる。月に二回の作品制作に追われ、これまで一度も胸を張って提出できたことがない。しかし、今まで続けてこられたのは、ひとえに講師の杉谷昭人先生の丁寧なご指導のたまものと感謝している。

エッセイを書き始めた頃は、それまでの人生経験を元に、あれこれと思い出してはなんとかお茶を濁してきたが、最近は材料がなかなか見つからず、教室に通うその日になって書き上げることも多くなってきた。

エッセイの材料が見つからない中、それを助けてくれるのが孫の存在である。小学二年生から中学三年生までいる六人の孫は、それぞれに違った個性を持っているので、私と話していて反応が異なるのが面白い。遊びや食事に連れて行くときでも、それぞれに主張して、六人がまとまったためしがない。

孫達のことを書けばそれはそれで一つの作品になる。それに、これまで書いてきたことで気付いたのだが、二、三歳の頃、幼稚園や保育園の頃、小学生になってからと、それぞれ反応が違うのだ。孫が、少しずつ成長しているからであろう。孫の言動を観察することで、色々な気付きが生まれ、私のこれまでの暮らしぶりを思い起こすことにも繋がっていくのである。孫に関わることによって、私の方が孫に成長させられているのかも知れない。そんな訳で、この第三集には孫に関する記述が多いが、よほど題材に困ったのだなと、寛容なお気持ちでお読み願いたい。

なお、表紙の絵は福岡に住む長女の玲子《りょうこ》が、幼稚園に通っているときに描いたものである。

二〇一八年五月

戸高　鏘吉

[著者略歴]

戸髙 鏻吉（とだか　しょうきち）

昭和21年、宮崎市生まれ。
勤めながら米などを作る兼業農家の後、今は無職。
著作：『いかなごの釘煮』（2014年　鉱脈社）
　　　『フォーク並び』（2016年　鉱脈社）

現住所：〒880-0841
　　　　宮崎市吉村町中原甲2710番地
　　　　TEL 0985-28-3684

戸髙鏻吉エッセイ集③
ハルの春休み

二〇一八年六月一日　初版印刷
二〇一八年六月二十日　初版発行

著者　戸髙鏻吉©
発行者　川口敦己
発行所　鉱脈社
〒八八〇-八五五一
宮崎県宮崎市田代町二六三番地
電話　〇九八五-二五-一七五八

印刷
製本　有限会社　鉱脈社

著者既刊本

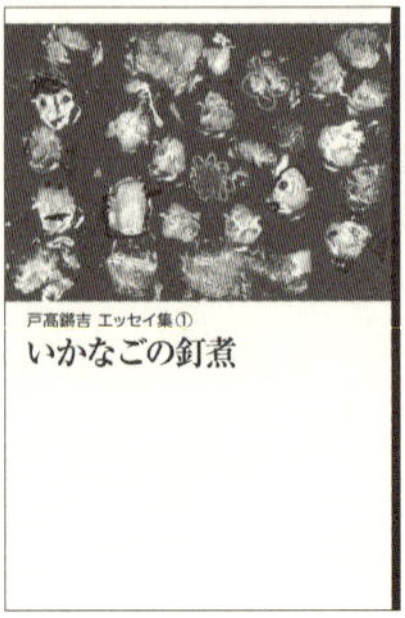

いかなごの釘煮

公園の椎の木、古びたベンチ……見なれた風景はいつも新しい。街なかのエッセイ教室で学ぶなかで、よみがえった子どものころの暮らしの風景をつづる。2部48編。シリーズ第1集。

（1400円＋税）

フォーク並び

庭先の白い山茶花。裸の柿の木。……季節が変わり、人が去っていく。見なれた風景の新しい表情。街なかのエッセイ教室から生まれた珠玉の2部43編。シリーズ第2集。

（1500円＋税）